KB059807

질문으로 완성하는
청소년 글쓰기

에세이부터 서술·논술형까지
6단계 문장력 전략

질문으로
완성하는

청소년
글쓰기

전은경 정지선 지음

북바이북

에세이부터 서술·논술형까지, 모든 분야의 작문에 적용 가능한 '질문 글쓰기'

작문 수업에서 '자유 글쓰기' 시간이 주어졌을 때 주저하지 않고 바로 글을 쓰는 학생이 있는가 하면, 흰 종이를 노려보며 사투를 벌이는 학생도 있다. 도무지 뭘 써야 할지 모르겠다는 표정이다. '자유'의 범위가 넓어 주제를 찾기 어렵고, 오히려 생각이 막혀 못 쓰겠다고 한다. 선택할 권리가 오히려 이들에게는 부담이 된다. 자신 있게 글을 써 내려가는 학생과 그렇지 못한 학생의 차이는 어디에서 올까? 바로 '자신감'이다. 자신감은 할 이야기가 있는 사람만 가질 수 있다.

하루 24시간은 모두에게 공평하게 주어지는데 누군가에게는 매일매일이 새로운 하루가 되고, 누군가에게는 늘 반복되는 평범한 하루일 뿐이다. 그 차이는 '관심'에 있다. 주변에서 벌어지는 일에 주의를 기울이고 관찰하는 사람은 이야깃거리가 생길 수밖에 없다. 목격한 일을 전달할 수도 있고, 자신의 느낌을 덧붙이기도 한다. 반면 상황을 무심히 넘기는 사람은 늘 어제와 같은 오늘이고, 특별할 게 없기 때문에 이야기를 찾기 어렵다. 뻔한 이야기를 쓰느니 안 쓰는 쪽을 택하게 되는 것이다. 이런 친구들에게 글쓰기 주제를 제시해주면 잘 쓸 수 있을까? 자유 글쓰기를 주저하는 친구들은 주제가 주어져도 자신에게는 그와 관련된 이야기가 없다고 말하는 경우가 많다. 글을 잘 쓸 수 있는 방법을 알려주기 전에 무엇을 쓸 수 있는지, 그 '무엇'을 어떻게 찾는지 알려주는 게 더 중요하다.

이와 비슷한 맥락에서 열린 결말로 끝나는 소설이 싫다는 학생들이 꽤 있다. 정확하게 '끝'나는 이야기가 좋은데, 다양하게 생각할 수 있는 선택지를 주니 혼란스럽다고 한다. 학생들이 '확실한' 것을 좋아하는 걸까? 이는 '생각'과 관련 있다. 결말이 명확하지 않으면 내가 추측해서 생각해야 한다. 그런 노력을 들이는 자체가 귀찮고 힘든 것이다. 촘촘하게 짜인 일과 속에서 생각할 여유를 잃어가기 때문일 수도 있다. 글쓰기는 내가 입력한 것을 가공하고 재생산해서 출력하는 작업이다. 머릿속에서 생각이 원활히 이루어지지 않으면 글이 빈약해질 수밖에 없다. 생각 키우는 연습을 해야 한다. 단시간에 글쓰기 실력을 끌어올리기는 쉽지 않다. 글쓰기가 낯설지 않게, 일상생활이 곧 글이 될 수 있다는 사실을 알아가는 과정이 필요하다.

생각을 키우기 위해서는 질문하는 습관이 중요하다. '질문 독서' 도 많이 알려졌는데, 수동적으로 책을 받아들이기보다는 적극적으로 개입해서 좀 더 입체적으로 책을 읽는 방법이다. 무조건 수용하는 태도를 버리고 물음표를 그리며 책을 읽는 것이다. 학생들에게 늘 비판적 시각을 가져야 한다고 강조한다. 그것이 이 책에서 말하는 '질문 글쓰기'의 시작이다. 내 앞에 주어진 상황을 그대로 받아들이지 않고 의심하기. '어떻게?' 또는 '왜?'라는 질문하기. 물음표가 우리를 생각하게 한다.

글쓰기의 시작인 '관심'은 '생각'과 연결된다. 관심을 가지면 궁금증이 생기고, 그 대상을 생각하게 된다. 억지로 생각을 욱여넣는 게 아니라 자연스럽게 생각하는 상황을 만들어줘야 한다. 그래야 생각하는 힘을 기를 수 있다. 단순히 생각하는 방법이 아닌 스스로 사고를 확장하는 힘을 기르도록 해야 한다.

이 책은 글쓰기를 할 때 '질문'이 어떤 역할을 하는지 알려주는 안내서다. 질문은 생각의 확장을 돕는 열쇠가 된다. 어떤 질문을 하느냐에 따라 생각의 방향이 달라진다. '좋은 질문'은 우리의 사고를 확장시키고, 삶을 풍요롭게 하는 큰 동력이 된다.

1장에서는 질문과 글쓰기의 관계를 알아본다. '질문'의 중요성을 확인하고, 질문이 사유로 이어지는 경로를 탐색한다. 자기 언어를 가지는 것의 의미를 알아보고, 좋은 질문을 만들기 위한 '질문 노트' 활용법을 제시한다.

2장에서는 '질문 글쓰기 6단계'를 통해 단계별로 질문을 활용한 글쓰기 방법을 보여준다. 각 단계에 맞춰 제시하는 예시문을 보고 글쓰기 초보자도 쉽게 따라 할 수 있도록 친절히 안내하고 있다. 학생들이 책에 직접 연습해보도록 별도의 칸을 만들었는데, 글쓰기를 교육하는 교사나 학부모도 직접 연습해보길 권한다. 꼭 모든 단계를 순차적으로 진행할 필요는 없다. 6단계가 각각 어떻게 구성돼 있는지 살펴본 뒤, 가장 취약하거나 도움이 필요한 부분을 중점적으로 보기를 추천한다.

3장에서는 글쓰기 주제를 고민하는 청소년, 교사, 학부모를 위해 다양한 사례를 제시한다. '자아, 고통, 욕망, 신뢰, 신념, 평등, 미래, 취향, 열등감, 권력' 등의 키워드로 이루어지는 글쓰기 예시를 6단계로 보여주되, 1단계와 2단계, 3단계와 4단계, 5단계와 6단계로 묶어서 설명한다.

4장에서는 현장에서 가장 많이 듣는 글쓰기의 고민을 해결하기 위한 방법을 제시한다. 질문으로 이야깃거리를 찾고, 그러한 질문을 통해 남들과는 다른 특별한 글, 주제가 확실한 글, 논증적인 글을 쓸 수 있음을 확인하게 된다.

에세이든 서술·논술형 글이든 분야마다 새로운 작문법을 배울 필요는 없다. 기본기를 다져두면 어떤 글에서고 응용할 수 있다. 독후 감상문, 논술문, 설명문, 일기 등 모든 분야의 작문에 적용할 수 있는 방법이 바로 질문 글쓰기다. 글쓰기란 결국 나의 사유를 논리적으로 표현하는 방법이기 때문이다. 나의 생각이나 주장을 뒷받침하는 '근거'는 사유의 깊이에 따라 달라진다. 이 책에서 제시하는 질문이 청소년의 사유를 돕고, 글쓰기를 지도하는 교사와 학부모에게 충실한 가이드 역할을 할 것이다.

'질문 글쓰기'는 자전거 타기에 비유할 수 있다. 처음에는 네 발 자전거로 시작하지만, 보조 바퀴를 떼는 순간 누군가의 도움을 받아 균형 잡는 연습을 해야 한다. 그러다가 어느새 도와주는 사람이 손을 놓았음에도 혼자 잘 타게 된다. 글쓰기도 마찬가지다. 처음에는 어떻게 써야 하는지 모르고 갈팡질팡하지만, 연습하면 나도 모르는 사이에 글쓰기와 친밀해지고, 더 나아가 쓰기에 능숙해진다. '질문 글쓰기'가 바로 자전거를 처음 타는 이를 위해 뒤에서 잡아주는 역할을 한다. 이 책을 통한 약간의 도움이 자전거를 타고 신나게 질주하는 즐거움을 안겨줄 것이다.

차 례

2장 6단계로 완성하는 질문 글쓰기

3장 꾸준히 다뤄지는 글쓰기 주제에 단계별로 접근하기

4장 내 글이 달라졌어요: 질문으로 극복하기

1장

스스로 질문하는
청소년은 다르다

☑ 01

질문 밖에서
맴도는 청소년

**선생님은 왜 저를
불편하게 하세요?**

중학교 2학년 소민이는 자기표현이 분명
한 학생이다. 글에 대한 이해력도 뛰어나
고, 타인에 대한 공감 능력도 좋다. 하지만
생각을 글로 표현하는 데에는 자신감이 낮다. 자신의 글이 어떻게 평
가될지 예민하게 반응한다. 모든 면에서 당당한 이 학생이 유독 글쓰
기에 약한 모습을 보이는 이유가 뭘까? 대체 무엇이 소민이의 글쓰기
를 가로막고 있던 걸까?

저마다 차이는 있지만 대체로 많은 청소년이 중학교에 입학하면서
'정신적 독립'을 경험한다. 중학생이 되면서 부모에게서 독립된 사회

생활을 시작한다. 또래 안에서만 통용되는 '보편적인 상식'에 자신을 맞추고, 대세를 거스른다는 것이 어떤 의미인지 직간접 사례를 통해 보게 된다. 소민이도 그러한 흐름에 충실한 학생이었다. 똑똑한 친구이기에 그 보편적 상식에 부응하려면 어떤 태도가 요구되는지 빠르게 파악했다. 또래 집단에 순응하지 않는 태도는 학생들 사이에서 상당히 위험한 결과를 낳기 때문이다. 하지만 안타깝게도 또래 집단에 순응하는 선택은 자신을 '당연한' 것에 매몰되게 만든다. 꼰대라고 불리는 어른의 세계처럼, 아이들도 설득력 부족한 '자신들만의 당연함'의 세계를 형성하는 것이다.

소민이는 수업 초반 '질문-독서'와 '질문-글쓰기'를 힘들어했다. 책 내용을 대부분 이해한다고 생각하기에 딱히 궁금한 점도 없고, 어떤 질문을 해야 하는지 모르겠다고 호소했다. 얼마 후, 수업을 한창 진행하던 중 느닷없이 교사에게 이런 말을 했다.

"선생님은 왜 저를 불편하게 하세요? 선생님이 하는 질문에는 답을 할 수가 없어요. 제발 제가 답할 수 있는 질문을 해주시면 안 되나요?"

'정답 문화'에서 숨죽이는 '질문 문화'

소민이의 불만 섞인 투정을 들은 교사는 안타까웠다. 책을 읽기는 했지만 생각을 말할 수 없는 상황에 소민이가 처해 있었기 때문이다. 질문에 정답을 말하고 싶은 욕망이 채워졌을 때 학생들은 더 이상 질문하지 않는다. 문제를 해결했다는 성취감에 안심하며 자발적으로 '정답 문화' 속으로 걸어 들어간다. 그곳이 폐쇄된 공간인 줄 모른 채 말이다.

많은 청소년이 글쓰기를 어려워하는 근본적인 문제가 바로 이 정답 문화와 관련이 있다. 생각 나누기에 익숙하지 않은 분위기가 질문을 막고 소통을 차단한다. 또한 자신에게 찾아온 질문을 진지하게 고민해볼 수 있는 충분한 시간과 기회가 주어지지 않는다. 우리 사회는 상위 학년에서 배우는 개념을 알고 있으면 똑똑한 학생이라고 진단하고, 정보와 지식을 빠르게 이해하면 영재라고 말한다. 논리적, 추론적인 사고를 수학, 과학 문제 풀이에서 확인한다. 사유하는 인간이 아니라 인간 AI를 양산하고 있는 셈이다. 깊이 생각할 수 있는 시공간이 없고, 건강하게 말과 글로 소통하는 훈련이 없는 현실, 두 가지 요인이 결국 글쓰기를 가로막는 단단한 벽이다.

☑ 02

스스로 질문하는
청소년은 무엇이 다른가

**모든 사유는
질문에서 시작된다**

글쓰기 수업 현장에서 질문하는 학생을 만나기란 쉽지 않다. 예쁜 눈으로 선생님을 말똥말똥 쳐다볼 뿐이다. 정답 문화는 자기 검열로 이어지고, 자기 검열이 강해질수록 질문은 자취를 감춘다. 우스꽝스러운 질문을 던져 창피당하거나 자신의 한계가 드러날까 봐 두려워한다. 성인도 다르지 않다. 내 안의 질문을 찾기보다 타인의 인정을 중요시한다. 글을 잘 쓰기 위해서는 좋은 질문을 먼저 찾아야 한다. 좋은 질문은 글의 방향을 잡아주고, 깊은 통찰을 가능하게 하는 시작점이기 때문이다. 그렇다면 스스로 질문하는 청소년은 무엇이 다를까?

　사유를 대하는 태도에서 차이를 보인다. 모든 사유는 질문에서 시작된다. 사유한다는 것은 자신의 위치에서 직면한 상황을 다르게 보려고 노력한다는 의미다. 보편에 맞서고, 통념에 저항하는 일이다. 모두가 당연하게 생각하는 것에 질문을 던지고, 당연하지 않을 수 있음을 인식하는 데서 사유가 시작된다. 하지만 그 지점까지 나아가는 과정은 험난하다. 다름을 밝히는 일은 다수의 시선을 견뎌야 한다는 의미이기도 하다. 소수의 입장을 대변하기가 쉽지 않기에 망설이고 주저하게 된다.

사유하는 사람이 되기 위한 4가지 요건　사유하는 사람으로 성장하기 위해서는 다른 생각으로 이끌어주는 양질의 책(읽을거리), 보편을 넘게 해주는 좋은 질문, 생각의 촉매제가 되어주는 양육자의 역할, 문제 상황을 느긋하게 바라볼 수 있는 심리적 거리가 필요하다. 이 네 가지 요소가 유기적으로 연결되면 생각의 경계가 허물어지고, 유연하게 다른 관점으로의 접근이 가능해진다.

　이 네 가지 요건을 갖추면 학생의 글쓰기는 충분히 달라질 수 있다. 18세 도윤이의 사례를 살펴보자.

대안학교에 다니고 있는 도윤이는 책 읽기에 관심이 많았지만 말하기에는 상당히 조심스러운 태도를 보였고, 처음에는 글쓰기 교사를 경계하기도 했다. 또한 생각이 많았지만 적절한 표현법을 찾고 고민하느라 답답해했다. 스스로도 내면에 자리 잡은 낯선 감정과 생각을 어떻게 대해야 하는지 혼란스러워했다. 도윤이의 부모가 내린 결정은 일대일 글쓰기 교습이었다. 도윤이는 5년간 글쓰기 교사와 좋은 관계를 유지했다. 교사와 도윤이는 서로의 생각을 궁금해하며 많은 소통을 나눴다. 두 사람 사이에 어떤 일이 있었을까? 이들 사이를 채운 건 언제나 책과 글이었다. 매주 같은 책을 읽고, 서로에게 질문했고, 생각을 글로 나눴다. 도윤이는 여전히 조심스러운 태도로 글쓰기에 임하고 있지만, 발언은 조심스럽지 않다. 책의 핵심을 볼 수 있는 안목과 균형 잡힌 시선으로 문제를 깊이 논의할 수 있는 힘을 가지게 되었다.

이 책을 펼친 독자가 학생이라면 궁금해할 법하다. 나도 도윤이처럼 변할 수 있을까? 교사와 부모 입장에서도 마찬가지다. 우리 아이들이 정말 도윤이처럼 깊이 사유하고 문제를 심도 있게 논의할 역량을 갖추게 될까? 도윤이의 변화는 어떻게 일어난 걸까?

그것은 단연코 '질문과 사유' 덕분이다. 5년이란 시간 동안 두 사람은 서로에게 질문하고 대답했다.

"선생님은 자기 욕망을 드러내는 사람들의 방식에 대해 어떻게 생각하세요?"

"선생님은 '평균'에 집착하는 태도를 어떻게 보나요?"

"요즘 〈모여봐요 동물의 숲〉이라는 게임이 유행하는데요, 게임 유저 중에 자기가 진심으로 좋아하지도 않으면서 인기 캐릭터에 집착하는 이들이 있어요. 그런 양상의 원인이 어디에 있다고 생각하세요?"

만날 때마다 이어지는 이 학생의 질문은 현대인이라면 모두가 깊이 고민해봐야 하는 삶의 중요한 문제를 짚고 있다. 책만이 아니라 일상 곳곳에서 경험하는 일이 도윤이의 사유와 연결되어 있었다. 이러한 질문과 사유가 심화되기 시작한 것은 6주간 서머싯 몸의 『인간의 굴레에서』를 교사와 도윤이가 함께 읽으면서부터였다. 두 사람은 다리가 불편한 필립의 상황을 지켜보며 장애가 주인공의 선택과 삶에 어떤 역할을 하는지 지켜보았다. 도윤이는 사람들은 누구나 자기만의 굴레를 가지고 있기에 필립의 모습은 인간의 본질적인 문제와 연결되어 있는 것 같다고 말했다. 스스로 만든 굴레, 극복 불가한 굴레, 욕망과 굴레의 관계 등의 키워드와 함께 질문거리를 찾았고, 작품 속으로 깊이 빠져들었다.

"왜 애설니는 필립에게 종교를 잃게 되면 도덕도 받아들이기 힘들어진다고 했을까? 정해진 고리대로 따라가는 게 선을 배우기 더 쉬운 수단이라고 생각한 걸까?"

"작품 후반부로 갈수록 자신의 콤플렉스에 대한 언급과 묘사가 줄어든다. 하지만 어떤 면에서는 변한 것이 없어 보이기도 한다. 필립이 콤플렉스를 극복했다고 말할 수 있을까?"

두 사람은 일주일에 한 번씩 만날 때마다 읽은 분량에서 떠오른 질문을 풀어냈고, 그에 대해 토론했다. 고전이 청소년의 생각을 확장하는 데에 적절한 도구가 될 수 있음을 보여주는 사례다.

연이어서 도윤이와 교사는 도스토옙스키의 『죄와 벌』을 두 달 동안 읽었다. 교사는 본격적인 읽기에 앞서 러시아 문학의 정체성을 강의했다. 아시아와 유럽에 걸친 드넓은 대륙, 극한의 추위, 250년간 이뤄졌던 몽골의 지배가 강의 내용이었다. 한 작가의 내면을 제대로 이해하기 위해서는 역사와 지리적 특징을 알아야 했다. 8주 동안의 읽기와 토론은 많은 질문을 만들어냈다. 노트 몇 장 분량의 질문은 완독 이후에도 계속 언급되었고, 결국 '작가가 독자에게 던진 질문은 무엇일까'로 연결되었다. 다음 자료는 도윤이가 『죄와 벌』을 읽으며 찾은 질문 중 일부다.

· 라스콜니코프가 대학생과 장교의 대화를 듣지 않았다면 노파를 죽이지 않았을까? 아니면 어떻게든 다른 이유를 찾아서 죽였을까?
· 루쥔이 가진 젊은 세대에 대한 믿음은 어디에서 온 걸까? 로샤는 그 믿음에 어떤 영향을 주게 될까?

· 루쥔이 "우리 사회의 문명화된 계층이 보여주는 이런 문란을 어떻게 설명해야 될까요?"라고 질문을 한 의도는 무엇일까?

· 포르피리는 로쟈의 논문에 대해 회의적인 것으로 읽히는데 로쟈 본인에게는 관대하게 대하는 이유가 뭘까?

· 처음에는 로쟈가 노파를 죽이는 데 나름의 신념을 가진 듯한 모습을 보였고, 자신은 그럴 권리가 있는 사람이라고 믿었던 것 같은데 소냐에게 자신이 저지른 일을 말할 때는 자신은 악마의 꾐에 넘어갔던 거고, 노파를 죽인 것 또한 악마이며, 자신은 스스로를 죽였다고 한다. 자신이 노파를 죽인 것은 신념이나 권리에 의한 것이 아니라 자신도 '이'에 불과하다고 여기게 된 것은 언제부터였을까? 그리고 생각이 바뀐 원인은 뭘까?

· 스비드리가일로프의 꿈에서 왜 아이들이 그에게 두려움을 느끼게 하는 존재로 나타나는 걸까? 순수한 존재가 순수함을 잃는 듯한 모습이 두려움으로 다가왔던 걸까?

· 로쟈가 자신이 범인이라고 소냐에게 이야기했을 때 소냐는 로쟈에게 죗값을 치르라고 했고, 로쟈의 유형지까지 함께 갔으며, 복음서도 가져다주었다. 결국 소냐가 로쟈에게 바란 것은 무엇일까? 그것은 작품의 마지막에 실현되었다고 볼 수 있을까?

도윤이의 사례는 앞에서 말하는 사유하는 사람으로 성장하기 위한 네 가지 요건을 충족한다. 다른 생각을 하도록 이끌어주는 읽을거리, 보편을 넘어서게 해주는 좋은 질문, 생각의 촉매제가 되는 교사의 역할, 이에 더해 꾸준한 훈련을 통한 작품과의 거리 유지. 이 네 가지 요소의 결합은 질문하고 사유하는 삶을 가능하게 했다.

사유와 질문은 바늘과 실의 관계다. 질문은 사유로 이어지고, 사유는 질문으로 이어진다. 그렇다면 질문하는 청소년은 무엇이 다를까? 그들의 생각은 정답과 거리가 있다. 정답이 없음을 알고 시작한 질문이기에 생각의 꼬리는 끝없이 이어지고, 통과하고, 연결된다. 그렇게 만들어진 거대한 사유의 틀에는 무엇이든 담을 수 있고, 무엇이든 덜어낼 수 있다. 질문의 방향을 바꾸는 작업에 머뭇거림이 없으며, 잘못된 질문에 갇히지도 않는다.

☑ **03**

질문하지 못하는
청소년을 위한
사고의 3단계

양육자와 자녀가 함께
전형성에서 벗어나자

간혹 글쓰기 교사들은 난감해진다. 쳇바퀴 돌 듯 같은 말을 반복하는 학생들 때문이다. 질문이 주어지면 손쉽게 옳다, 그르다 가치판단을 내리려 하고, '다른 사람을 배려하지 않은 주인공의 행동이 옳지 못하다고 생각합니다'와 같은 도덕 교과서에 있을 법한 문장들을 그대로 옮겨놓는다. 다른 시선으로 문제를 볼 수 있도록 추가 질문을 던져보지만 돌아오는 답은 같은 자리에 멈춰 있다. 긴 시간 정답 찾기에 길들여지고 강요받은 학생들의 전형적인 모습이다. 중학교 1학년 현우도 이와 같은 경우에 해당된다.

현우의 어머니는 글쓰기 수업에 관심이 많고, 한 달에 한 번은 교사와 상담을 했다. 다만 항상 같은 질문을 했다.

"우리 아이 잘하고 있나요? 어떻게 하고 있는지 궁금해서 전화드렸어요."

교사 입장에서는 이런 전화를 받으면 고민이 많아진다. 무엇을 말하고 무엇을 말하지 않아야 할지 빠르게 결정해야 한다. 글쓰기 수업은 학생의 감정 상태나 집중도에 많은 영향을 받기에 부모에게도 말할 수 없는 것이 더 많을 때가 있다.

현우 어머니의 질문 의도는 명확했다. 자녀의 읽기와 쓰기에 변화가 있느냐는 것. 횟수를 더해가고 있으니 나아지고 있다는 확인을 받고 싶은 마음은 당연히 들겠지만, 12년간 길들여진 학생의 생각 습관을 바꾸기란 쉽지 않다. 많은 시간이 필요한 일이다. 이런 경우는 학생뿐 아니라 부모가 보이는 전형적인 태도도 함께 고쳐나가야 한다. 적지 않은 글쓰기 교습 사례가 이에 해당한다.

현우는 질문하지 못하는 청소년이었다. 다른 관점으로 질문하는 문장 하나를 완성하는 데 두 달이 걸렸다. 이해 능력에는 문제가 없었지만 무엇을 질문해야 하는지 몰랐다. '바른 대답'만을 요구받은 사례였다. 교사는 현우의 상황을 확인한 후 어머니께 자세히 설명했다. 가정에서 어떤 도움을 주면 좋은지 말씀드리고 지원을 요청했다. 어머니 입장에서도 받아들이기 어려운 요청이었기에 질문은 쉬이 바뀌지 않았다. 자녀에게도 양육자에게도 안타까운 상황이었다.

**자기 언어 찾기
프로젝트 3단계**

현우의 자기 언어 찾기 프로젝트는 3단계로 기획되었다.

1단계 '사실과 생각 구분하는 법 훈련하기'다. 사실과 생각을 구분한다는 것은 다시 말해, 생각을 말하고 있는지 사실을 말하고 있는지 인식한다는 뜻이기도 하다. 사실과 생각을 구분하는 방법은 다음과 같다. 예를 들어 "오늘 친구가 점심을 먹지 않았다"는 사실이다. 하지만 "오늘 친구의 행동이 이상해 보였다"라는 건 생각이다. 점심밥을 먹지 않은 친구를 바라보며 어떤 생각을 했을까? "이상해 보였다"라는 표현에서 행동의 원인을 알지 못한다는 사실이 드러나고, 친구가 평소와 다른 행동을 했다고 판단했다는 점을 볼 수 있다.

자신의 생각을 드러내며 첫 문장을 시작했다면 다음 내용도 같은 분위기로 이어질 가능성이 높다. 왜 이상하게 보였는지, 그 친구의 행동을 보고 자신은 어떻게 했는지 등을 기록하게 된다. 가능하다면 자신이 목격한 상황을 무언가에 비유하거나 비슷한 경험이나 감정을 떠올려 추측해보는 내용을 써도 좋다. 생각을 드러내는 글쓰기 1단계 과정에서도 다양한 질문을 만들 수 있다(자세한 내용은 이 책 2장에서 소개월 질문 글쓰기법에서 안내된다).

2단계 '누구나 할 수 있는 생각과 나만 할 수 있는 생각 알아가기'다. 많은 청소년이 학습된 의식을 자신의 견해로 받아들인다. 어디서 들어본 내용을 자신의 목소리로 착각한다. 이런 양상은 성인 글쓰기에서도 나타난다. 흔히 떠오르는 표현으로 노트를 가득 채우는 경우가 이에 해당한다. 분량 채우기식 글쓰기의 폐해다. 학생들은 사실과 생각을 구분하는 것보다 학습된 관념에서 벗어나는 것을 더 어려워한다. 학생이 스스로 의식하도록 그 차이를 설명하고, 평상시에 나만의 생각을 표현할 수 있도록 지도해야 한다.

글쓰기는 사유를 눈에 보이도록 드러내는 활동이다. 이 때문에 사유가 패턴화, 회로화되면 말과 글도 같은 양상을 보인다. 상황을 수학 공식처럼 접근하면 글은 단조로움에서 벗어나지 못한다. 학생들의 사유가 고정되지 않게 하려면 어떻게 해야 할까? 답은 '질문'이다. 양육자의 질문은 사유의 범위에 많은 영향을 미친다. 다시 말해 부모의 패턴화된 사고가 자녀에게 답습될 수 있다는 뜻이다. 무의식적으로 고정된 질문을 반복한다면 자녀의 사고는 쉽게 회로화된다.

'우정'이라는 주제로 글을 쓴다고 생각해보자. '우정'의 사전적 의미는 친구 사이의 정이다. 하지만 글쓰기에서는 해석을 다르게 할 수 있다. '타자와의 정'으로 접근한다면 사전적 의미의 친구가 사람만이 아니라 사물이나 동식물로 확장된다. 만약 범위를 타자와의 정에서

1단계 : 사실과 생각 구분하기	오늘은 친구가 점심을 먹지 않았다 (사실) 오늘은 친구가 이상해 보였다 (생각)
2단계 : 나만 할 수 있는 생각 찾기	왜 먹지 않았을까? 고민이 있는 걸까? 몸이 좋지 않을까? 나는 친구가 걱정이 되어 무슨 일이 있느냐고 물었다. 심각한 일이었다. 친구는 한 번도 점심을 거른 적이 없었기 때문이고, 그 녀석은 내 베스트프렌드이기 때문이다.
3단계 : 자기 언어 찾기 (자기 정체성 확인하는 과정)	학교생활은 정말 재미없다. 이 재미없는 세상에서 베스트프렌드에게 무슨 일이 생긴다면 내 생활까지 우울해진다. 무슨 일이 있어도 이 친구만은 지켜야 한다는 결심이 섰다. 가서 물어야 한다. 친구의 세계 안으로 들어가야 한다.

좀 더 넓힌다면 눈에 보이지 않는 추상적 관념과의 정, 자기 자신과의 우정으로도 접근할 수 있다. '우정'이란 주제가 주어졌을 때 친한 친구만으로 한정하지 않는다면 자기만의 색깔이 분명하게 드러나는 글을 완성해낼 수 있다.

3단계는 '자기 언어 찾기'다. 자신의 이야기를 자신만의 표현으로 정의하는 일, 그것이 바로 자기 언어 찾기 과정이다. 나만의 필터를 통과한 언어들을 쏟아내며 자기 언어에 접근한다. 2단계에서 언급한 '나만 할 수 있는 생각'이 쌓이면 자기 언어가 된다. 학습된 언어가 아닌 나만의 생각과 글투가 만들어지는 것이다. 위에 제시된 예시처럼 친구가 자신에게 어떤 의미인지, 자신이 처한 상황에서 어떤 선택을 하며, 왜 그런 선택을 하는지 표현할 수 있는 단계다. '친구를 도와야 한다'와 같은 막연한 도덕 개념에서 벗어나 그 친구에 대한 자기감정을 솔직히 표현할 수 있게 된다. 3단계는 자기 정체성을 확인하는 과정이기도 하다. 내가 어떤 사람인지, 나는 어떤 가치관을 가진 인간인지 알아간다. 이때 또래의 다른 생각을 많이 접할수록 학생은 좀 더 세심히 자신을 조율해가는 힘이 생긴다.

'자기 언어'를 찾기 위한 간단한 습관

자기 언어를 가지는 데 가장 도움이 되는 건 일기 쓰기다. 온라인이든 오프라인이든 잠깐이라도 세상과 단절되어 자신의 하루를 기록하는 순간에는 내면을 돌보고, 감정을 살피며 오롯이 자기 자신이 된다. 자신과 온전하게 결합하는 경험의 시간이다. 일기 쓰기 초반에는 정화되지 않은 감정을 쏟아내게 마련이다. 자신을 불편하게 만드는 이들과 상황에 대해 자신을 방어하기도 하고, 상대에 대한 분노나 아쉬움을 드러내기도 한다. 하지만 시간이 지나면서 폭풍우 같던 글은 차츰 진정된다. 모두 쏟아내고 해소하면 세상과의 거리 두기가 가능해진다. 많은 학생이 이 지점까지 도달하지 못하고 일기 쓰기를 끝내는 경우가 많다. 대부분 매일같이 반복되는 일정으로 다시 돌아간다. 양육자의 의지가 어느 때보다 필요한 지점이다. 무엇을 쓸지를 확인하기보다 꾸준히 기록할 수 있는 동력을 유지하도록 도와야 한다.

일기 쓰기는 일주일에 두세 번이면 충분하다. 글의 양도 한 단락이면 된다. 다만 무엇을 했는지 기록하는 것이 아니라 어떤 생각이나 감정과 마주했는지를 써야 한다. 생각 쓰기는 약간의 시간과 노력이 필요하다. 앞에서 현우의 예시에서도 확인할 수 있듯이 사실과 생각을 구분하고, 자기만의 의미를 표현할 수 있도록 도와주면 좋다.

☑ 04

글쓰기의 핵심,
읽기와 문제의식

　　　　　　초등학교 3, 4학년을 지나면 학생들은 글
쓰기와 멀어진다. 이유는 여러 가지다. 글
은 생각을 정돈하지 않으면 완성할 수 없다 보니 '생각 정리 단계'에
서 포기하기 십상이다. 영상으로 대체되는 교육 방법은 청소년을 클
릭과 터치로 자동 완성되는 프로그램에 길들였다. 빠름의 세상에 입
문하면서 더딤을 견디지 못하게 된다. 말은 눈빛이나 제스처 등 비언
어적 표현으로 여백을 채울 수 있지만 글은 단어와 단어, 문장과 문장
사이의 공간을 맥락으로 연결해야 한다. 논리적으로 글의 맥락을 이
어가기란 쉽지 않다. 우선 논리적 사유가 가능해야 하고, 그 과정을 표

현할 수 있는 문장력이 뒷받침되어야 하기 때문이다.

첫 번째 핵심 :
읽기와 쓰기의
균형 지키기

쓰기와 멀어지면 읽기와 쓰기에 들이는 시간이 점차 불균형해진다. 일정 기간 이상 쓰기를 하지 않으면 언어화하지 못한 생각들을 밀어내고, 쉽게 떠오르는 표현에만 의존하는 경향을 보인다. 이런 시간이 길어질수록 감정과 생각을 단순화하고, 자신을 증언하지 못하는 사람으로 성장할 가능성이 높아진다.

읽기와 쓰기의 균형 지키기는 중요하다. 현실적으로 비율을 5 대 5로 유지하기란 쉽지 않지만 노력하면 어느 정도는 가능하다. 읽은 만큼 쓰는 습관을 들여보는 것이다. 읽기와 쓰기를 위한 도구가 반드시 책과 독후감일 필요는 없다. 신문 기사, 영화, 영상이나 SNS 매체 등을 통해 접한 내용에 대한 단상을 기록하면 된다. 보고 듣는 것보다 직접 눈으로 읽고, 글을 쓰는 활동의 비중을 높이는 것이다. 또한 책 읽기나 글쓰기 정규 수업이 아니더라도 읽고 쓰는 것을 기반으로 하는 모임에 참여하면 독서와 작문이 왜 필요한지 직접 느낄 수 있다.

쓰기를 위해 읽기가 중요한 이유는 텍스트를 정확히 읽어내는 능력이 있어야 사실을 글로 전달할 수 있기 때문이다. 하지만 내용을 잘못 이해하거나 아예 파악하지 못하는 청소년이 많다. 읽기보다는 들기, 쓰기보다는 말하기에 더 집중하다 보니 상대적으로 읽고 쓰는 능력이 퇴보한다. 14세 선호의 예가 이러한 현실을 잘 보여준다.

선호는 중학교에 입학하면서 읽기가 어려워졌다. 초등학교 과정은 여러 번 읽지 않아도 내용을 쉽게 파악할 수 있고 예측 가능한 것이 많다. 평소 밝고 센스 있다는 평을 많이 듣던 선호는 특유의 감각으로 무난히 초등 과정을 마쳤지만 중학교 수업을 시작하면서 문제가 드러났다. 겉으로 드러나지 않는 감정과 생략된 내용을 읽어내지 못했기 때문이다. 선호의 글쓰기 수업은 장기적인 계획으로 이루어졌다. 독서 훈련의 공백을 메우기에 앞서 잘못된 읽기 습관을 먼저 고쳐나갔다.

많은 청소년이 비슷한 상황에 처해 있다. 드러나지 않았거나, 부모가 파악하고 있지 못할 따름이다. 일상적인 소통에는 전혀 문제가 없다 보니 잘 보이지 않는다. 심각한 경우, 청소년 소설 다섯 장 읽는 데 한 시간이 소요되기도 한다. 건너뛰고 읽거나 단어 중심으로 읽던 버릇이 남아 있어 다시 처음으로 돌아가기를 반복한다. 읽기 능력의 문제는 학습과도 연결된다. 학년이 올라갈수록 공부를 해도 결과가 나오지 않아 고전하게 된다.

선호는 읽기를 어려워했지만 쓰기는 문제가 없었다. 구어적 표현을 사용하기는 해도 주변 사람들과의 소통이 원활해서인지 자신의 생각을 막힘없이 써 내려갔다. 읽기 능력과 쓰기 능력이 정비례하지는 않는다는 사실을 보여준다. 또한 자신의 글을 읽는 속도는 상당히 빨랐다. 본인이 쓴 글이기에 이해도도 높았다. 교사는 선호 수업을 두 가지 포인트로 진행했다. 이미 잘하는 쓰기는 더 잘하도록 칭찬해 자신감을 유지해주고, 부족한 읽기는 천천히 독려하며 강화하는 방식이다. 읽기 자료는 책으로 한정하지 않고 관심을 보이는 영역의 잡지나 신문 기사도 활용했다. 수업 시작 5개월을 넘어서면서 조금씩 변화가 나타났다. 읽는 속도와 집중력이 눈에 띄게 좋아졌다. 조급해하지 않고 한결같은 믿음으로 함께해준 부모의 역할도 영향이 컸다.

두 번째 핵심 : 문제의식

글쓰기 주제가 주어지면 먼저 '어떤 글을 쓸지' 구상에 들어간다. 어떤 내용을 어떻게 구성할지 생각하는 과정에서 핵심은 '문제의식'이다. 글쓴이의 문제의식은 글 전체의 주제와 밀접하게 연결된다.

주제와 관련하여 자신이 어떠한 문제의식이 있는지 파악하려면 탐색부터 해야 한다. 그 주제에 대한 관심 유무, 배경지식 등에 따라 글에서 다룰 수 있는 범위가 달라지기 때문이다. 문제의식을 파악하는 데 가장 좋은 방법이 바로 '질문'이다. 관련 질문들을 메모하면 자신이 어떤 문제의식이 있는지 쉽게 알 수 있다. 다음은 '자아(나)'를 주제로 한 질문의 예다.

'자아'를 주제로 한 질문의 예

1. 내가 알고 있는 '나'와 남이 보는 '나'는 어떻게 다른가?

2. 나는 어떤 사람이 되고 싶은가?

3. 나는 원하는 것을 스스로 선택하는가?

4. 내가 가장 원하는 것은 무엇인가?

5. 가치 있는 삶이란 무엇일까?

6. 나는 어떤 사람일까?

7. 나는 '나'에게 관심이 있는가?

8. 내가 생각하는 최고의 가치는 무엇인가?

9. 나의 롤 모델은 누구인가?

10. 내가 추구하는 인간상은 무엇인가?

자아에 대한 탐색을 시작하며 찾은 질문의 목록에는 다양한 키워드가 등장했다. 내가 정의하는 '나'도 있지만, 타인에게 보이는 '나'에 대한 질문도 많다. 결국 탐색 주제는 '나'이지만 나에 대해 알려면 타인과 다른 나에 대해, 또는 타인이 보는 나를 생각할 수밖에 없다. 이 때문에 질문의 흐름은 타인과 사회로 확장된다.

이렇게 찾은 질문은 어떻게 글을 완성하는 데 도움을 줄까? 먼저 질문을 살펴보면 질문자(나)만이 답할 수 있는 것도 있지만 시선을 확장해서 많은 사람이 생각하는 '가치 있는 삶'에 대한 질문도 있다. 이 차이

질문들로 내용 구성하기 예시 1

서론	5. 가치 있는 삶이란 무엇일까?
본론	2. 나는 어떤 사람이 되고 싶은가? 4. 내가 가장 원하는 것은 무엇인가? 3. 나는 원하는 것을 스스로 선택하는가?
결론	8. 내가 생각하는 최고의 가치는 무엇인가?

질문들로 내용 구성하기 예시 2

서론	1. 내가 알고 있는 '나'와 남이 보는 '나'는 어떻게 다른가?
본론	2. 나는 어떤 사람이 되고 싶은가? 4. 내가 가장 원하는 것은 무엇인가? 3. 나는 원하는 것을 스스로 선택하는가?
결론	10. 내가 추구하는 인간상은 무엇인가?

를 고려해서 어떤 질문을 처음 부분에 배치할지 결정한다. 글 전체 구조에 맞도록 질문 순서를 정하고 각 질문을 중심으로 한 문단씩 글을 써보자.

질문 순서에 따라 다른 주제를 담을 수 있다. 예시 1의 경우 키워드 '가치'를 중심으로 생각이 정리된다. 예시 2는 자신에게서 거리를 두고 객관적인 관점에서 보는 '나'에 대한 내용으로 구성된다. 비슷한 질문 같지만 글의 방향은 달라진다. 이러한 차이는 '어디에 문제의식을 두느냐'에 따라 생긴다. 앞 예에서의 문제의식은 무엇일까? 예시 1은 '가치 있는 삶이란 무엇인가'가 문제의식이고 예시 2는 '나는 어떤 사람인가'가 문제의식이다. '자아'라는 큰 주제 안에서 다루어질 법한 수많은 질문 가운데 어느 지점에 방점을 두고 있는지가 바로 문제의식이 된다.

한 문장의 질문이
글이 되려면

**좋은 질문이 좋은
글쓰기로 이어진다**

질문을 하려면 무엇을 먼저 해야 할까? 의
심이다. 아무 의심이나 다 질문이 되지는
않는다. 합리적인 의심이어야 한다. 누구
나 옳다고 생각하는 견고한 믿음에 의문을 가짐으로써 문제 제기가
시작된다. 그렇게 시작된 의문은 다양한 가치와 충돌하며 또 다른 의
문과 만난다. 합리적인 의심이라고 하니 거창하게 들리겠지만 그렇지
않다. 초등학교 5학년 지훈이가 이런 의심을 품은 학생이었다.

교사를 처음 만날 날 지훈이의 표정에는 불만이 가득했다. 자신을
흥미로워하는 마음으로 바라보는 교사에게 지훈이는 대뜸 이런 질문

을 던졌다. "선생님은 아이들의 생각을 어떻게 다 알 수 있어요?" 질문의 배경을 교사는 짐작해보았다. 아마도 지훈이 어머니가 아이를 설득하기 위해 그런 말씀을 하시지 않았을까? 독자 중 누군가는 지훈이의 이런 질문 어디가 합리적인 의심이냐고 물을 법하지만 이제 차근차근 살펴보자.

지훈이가 교사를 불신하는 데에는 나름의 근거가 있었다. 글쓰기를 좋아했고, 잘 쓴다는 자기 확신도 있었지만 엄마의 피드백에 상처를 받은 뒤 글쓰기 앞에서 중심을 잃고 방황하기 시작했다. 지훈이는 엄마가 원하는 글과 자기가 쓰고 싶은 글 사이에서 갈등하고 있었다. 지훈 어머니는 자기 생각을 노련하게 표현해내는 아이를 보며 본격적인 관리를 시작했지만 아이는 노트 위에서 자유로움을 빼앗기며 생각을 강요받는다고 느꼈다. 다른 사람의 생각을 어떻게 다 알 수 있느냐는 지훈이의 질문은 어머니뿐만 아니라 어른들의 고정관념에 대해 지훈이가 품은 합리적 의심이었다.

얼마 후 지훈이는 교사를 향한 의심을 걷어내고, 객관적 질문을 만들어냈다. "선생님은 아이들의 생각을 어떻게 다 알 수 있어요?"라는 질문을 "타인에 대한 완벽한 이해는 가능한가", "생각이 보이는 글과 보이지 않는 글의 차이점은 무엇인가", "생각은 어떻게 글이 되는가?"라는 문장으로 바꾸었다. 4주에 걸친 지훈이와의 시간은 서로 질문을 이어가는 방식으로 진행되었다. 어머니에게 이해받지 못한다고 생각했던 마음을 움직이게 했다. "왜 엄마는 내 생각을 다 안다고 말할까"에서 시작해 오해와 오류로 가득했던 소통 과정을 다시 복기하며 "건강한 소통이란 무엇인가"라는 질문에 이를 수 있었다.

질문으로 글이 완성되는 사유 과정의 예

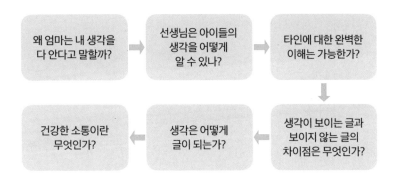

지훈이가 찾은 질문은 존재를 인정받지 못하는 '답답함'이라는 감정에서 출발했다. 자신이 느끼는 답답함의 실체를 마주하고, 그 감정의 본질을 찾아 헤맸다. 4주간의 시간은 자신을 이해하는 과정이었다. 생각을 부정당하는 경험은 오히려 타인과 소통하고 싶어 하는 욕구를 확인하게 했고 '생각의 부정은 존재의 부정'이라는 거대한 질문과 마주하게 했다. 또한 말과 글로 '소통'하는 행위란 무엇인지 그 정의를 확장하는 계기가 되었다.

**시대가 바뀌어도
유효한 키워드**

질문의 중요성을 강조하다 보니, 그렇다면 대체 청소년이 어떤 질문을 품어야 하는지 고민인 이들도 있을 것이다. 2020년 6월부터 매월 넷째 주 토요일 서울 중구 중림동주민센터에서 진행되는 독서 토론을 예로 들어본다. 토론자는 초등학교 4학년 남학생 일곱 명이다. 2강 도서는 『누군가 나를 지켜보고 있어』(이승민 최미선 지음, 책속물고기, 2018)였는데, 토론을 마친 후 어떤 질문을 떠올렸는지 질문 노트에 기록하기로 했다. 이 책은 개발자와 사용자 입장에서 기술을 대하는 법이 어떠해야 하는지 전하는 교양서였다. 학생들은 다양한 질문을 만들었고 아래는 63개의 질문 중 열 개만 꼽아본 것이다.

· 만약 우리가 무엇을 하는지 엄마가 모두 알게 된다면 어떨까?

· 사람이 자유롭지 못하면 어떨까?

· 내 개인 정보가 알려지지 않게 하려면 어떻게 해야 할까?

· 세상이 온통 사물 인터넷으로 가득하다면 어떻게 될까?

· 해킹을 당하면서까지 스마트 홈에서 편하게 살아야 할까?

· SNS에 올린 사생활이 거짓이라면 어떤 문제가 생길까?

· 내가 직접 사람들을 감시한다면 어떤 기분이 들까?

· 수백 년이 흐른 뒤, 미래에 사는 사람들이 현재의 우리를 보면 어떤 반응을 보일까?

서로 질문을 공유하며 똑같은 책을 읽고 학생들은 어떤 생각을 했는지 경청했다. 63개 질문 중에는 비슷한 내용도 있었지만 같은 질문은 하나도 없었다. 각각의 질문이 어떻게 기억될지 누구도 알 수 없고, 나온 질문으로 당장 한 편의 글을 완성하지 못하더라도 한 가지만은 확실했다. '편리함'이 사람들의 생활을 어떻게 위협하는지, 인터넷 세상 속 자유에 어떤 이면이 있는지는 기억했을 것이다.

앞의 질문들은 소수의 학생이 한 권의 책을 읽고 만들었지만 책을 배제하더라도 생각해볼 만한 주제다. 몇몇 질문은 시대나 계층을 초월한다. 감시, 통제, 자유와 같은 키워드는 수백 년 전에 출간된 세계 고전에서도 빈번히 등장했고, 수백 년 후에도 언급될 것이다.

일기 같은 사적인 글을 제외하면 대부분의 글은 독자를 고려하고 쓴다. 따라서 어떤 질문이 좋은가를 생각할 때 나 외에 다른 사람도 관심을 두는 문제인지 한번 생각해보면 질문을 이끌어내기가 좋다. 어떤 사람이 내 글에 관심을 보일까를 떠올려보는 것도 좋다. 그에 맞춰 주제를 정하고, 그에 걸맞은 질문을 도출해낼 수 있다. 이를 실행할 수 있는 구체적인 방법은 질문 노트다.

**좋은 질문을 만드는
좋은 습관, 질문 노트**

교사들이 학생들의 글을 검토하다 보면 첨삭을 하게 된다. 어떤 단어나 표현을 넣고 빼면서 글쓴이에게 글이 더 나아질 만한 제안을 해주는 것이다. 이러한 과정을 첨삭이라고 한다.

첨삭이 필요한 상황은 다양하다. 독자를 고려하지 않은 글은 무엇을 더해 구체적으로 서술해야 하는지 설명한다. 주어와 술어가 호응하지 않거나 맞춤법이 틀렸거나, 적절하지 않은 조사를 사용했다면 실수를 반복하지 않도록 바로잡아준다. 교사가 가장 난감해지는 상황은 따로 있다. 주술 호응도, 문법도 모두 맞는 문장으로 이루어져 있지만 글쓴이의 사유가 없는 경우다. 특히 새롭지 않은 첫 문장은 읽고자 하는 흥미를 순식간에 떨어뜨린다.

첫 문장 쓰기는 왜 어려울까? 신선하면서도 무게 있는 메시지를 담은 문장으로 글을 시작하기란 쉽지 않다. 글의 종류에 따라 차이가 있겠지만 진부하지 않은 첫 문장 쓰기는 모든 이의 바람이다. 학생도 다르지 않다. 빈 종이를 바라보며 괴로워하는 학생을 돕는 여러 가지 좋은 방법이 있는데, '질문 노트'가 그중 하나다. 날것의 질문이 모인 질문 노트는 새로운 문제 제기를 도와주는 소중한 도구다.

질문 노트 작성하기에는 특별한 규칙이 없다. 책을 읽거나 생활하면서 떠오른 질문을 차곡차곡 모으면 된다. 짧은 문장으로 기록만 해두어도 글쓰기가 막힐 때마다 효자 노릇을 한다. 거친 질문이지만 막힌 생각의 물꼬를 시원하게 뚫어주고, 관점을 전환하도록 도와주기도 한다. 사유의 창고 역할을 충분히 해준다. 글쓰기를 하고자 하는 청소년에게 질문 노트는 큰 의지가 된다. 질문을 적는 자체가 부담이 된다면 관심 노트로 시작해도 좋다. 관심이 가는 사물, 사람, 이슈 등을 간략히 단어나 구절로 적다가 질문 노트로 확장해보는 것이다. 질문과 관심이 기록된 메모장은 글쓰기 아이디어 노트로 활용하면 부담을 반으로 줄여준다.

독서 교육의 중요성은 오래전부터 강조되어왔다. 우리나라뿐만 아니라 전 세계적으로 독서를 강조하는 분위기가 어제오늘 일이 아니다. 특히 한국 사회에서 소위 '교육 전문가'라는 사람들은 책을 읽으면 생각이 깊어지고, 생각이 깊어지면 학습 능력도 높아진다고 힘주어 말한다. 책을 많이 읽으면 글에 대한 이해력이 높아져 기대 이상의 학습 효과를 얻을 수 있다고들 한다. 이와 같은 주장에는 치명적인 오류가 있다. 많은 부모와 교사가 독서를 학습의 한 과정이라고 전제하고 있다는 사실이다.

학습이 전제된 독서와 글쓰기는 '성과'에 초점을 맞춘 행위다. 얼마나 해냈는지에 집중할 뿐 무엇을 놓쳤는지는 보지 못한다. 이렇게 반복된 활동은 결국 기계적으로 되풀이되는 학습지 풀기와 다르지 않다. 정해진 생각 틀에서 벗어나지 못한다. '다른 책을 읽고, 다른 주제에 대해 쓰는데 어떻게 그것이 반복인가?'라고 반문할 수도 있다. 하지만 학생들의 사고 흐름을 들여다보면 많은 학생이 스스로 정해 놓은 답을 향해 달려가고 있음을 쉽게 확인할 수 있다.

오랜 시간 자녀를 글쓰기 학원에 보내고, 다양한 독서 교육에 참여 시킨 부모에게 어떤 효과를 느꼈는지 질문한다면 무어라고 답할까? 이 질문에 명확하게 대답하는 부모는 많지 않다. 물론 눈에 띄는 발 전을 확인할 수 없는 분야가 글쓰기이기도 하지만 대부분 예전보다 좀 더 두꺼운 책을 읽고 있다는 데에 만족하고, 글쓰기 노트의 수가 늘어가는 데에 안도한다. 자녀와 부모 모두 스스로 가장 문제의식을 느끼는 부분이 무엇인지, 자녀의 생각이 어디를 향하고 있는지 알지 못한다.

그렇기에 이 책은 '질문으로 시작하는 글쓰기'를 제안한다. 1장이 질문과 글쓰기의 관계를 중심으로 서술했다면, 2장부터는 이제 질문 글쓰기의 구체적인 방법을 안내한다.

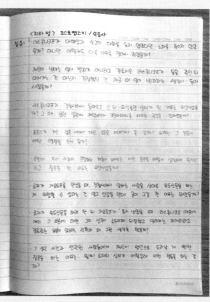

청소년들이 직접 작성한 질문 노트들.

2장

6단계로 완성하는
질문 글쓰기

질문 글쓰기 1단계 : 관심 갖기

'질문 글쓰기'를 다른 말로 표현하면 '생각하는 글쓰기'다. 질문이란 생각할 때, 즉 사유할 때 나오기 때문이다. 그렇다고 해서 처음부터 많은 생각을 하면 과부하에 걸릴 수 있다. 단계별로 차근차근 밟아가면서 자기 글을 다듬어보자.

이 책에서 말하는 질문 글쓰기는 크게 6단계로 나뉜다. 단계별로 독립된 글쓰기로 볼 수도 있지만, 조금씩 살을 붙여 한 문장에서 한 편의 글이 완성되게끔 이어서 진행할 수도 있다. 글쓰기 초보자의 경우에는 1단계 연습을 많이 한 다음 2단계로 넘어가고, 2단계가 익숙해지면 3단계로 넘어가는 방법을 추천한다. 어느 정도 질문 글쓰기와 친숙해지면 1단계부터 6단계까지 이어 써보면서 한 편의 글을 완성할 수도 있다. 원하는 단계를 선택해 연결 지어 글을 완성해도 된다. 글쓰기는 기술적으로 잘 쓰는 방법을 알려주기 전에 생각하는 태도를 바꾸는 데서 시작해야 한다. 어떤 생각을 하고, 어떻게 그 생각을 표현할 수 있는지 방법을 익히는 것이 중요하다. 글쓰기에 왜 질문이 필요한지, 질문 글쓰기를 어떻게 시작하면 되는지 함께 살펴보자.

질문 글쓰기 1단계는 세상과 나에 대한 관심 갖기다. 글쓰기 시간에 어떻게 써야 하느냐는 질문에 앞서 뭘 써야 하느냐는 질문을 더 많이 받는다. 글쓰기는 '글감'을 생각하는 순간부터 시작한다. 내 안에 이야기가 많이 없는 경우에는 생각 회로가 작동하지 않는다. 늘 주변을 예민하게 관찰하는 태도가 필요하다. 관심 기울여 지켜보는 만큼 내 안에 질문이 생기고, 그 질문에서 이야기가 만들어진다. 게임을 좋아하는 학생이 있다고 해보자. 게임에 흥미를 느낀 학생은 더 재미있게 즐기기 위해 잘할 수 있는 방법을 알아보게 된다. 게임에서 이기기 위해 전략을 익히고, 많은 시간을 게임에 매달린다. 나보다 게임을 잘하는 친구에게 비법을 전수받기도 한다. 관심이 행위로 전개되는 과정이라고 할 수 있다. 이런 관심이 어떻게 글쓰기에 도움이 되는지 알아보자.

질문으로 완성하는 청소년 글쓰기

**새로운 정보
포착하기**

인간의 뇌는 기존에 입력되지 않은 정보를 받아들이는 순간 활발하게 운동한다. 새로운 환경, 낯선 경험, 몰랐던 사실을 알게 되면 자연스레 주의를 기울이게 된다. 그런 자극이 들어오는 순간을 흘려보내지 않고 포착하는 것이 중요하다. 모든 정보가 글감이 된다. 처음에는 그 글감을 단순한 단어나 표현으로 메모해도 좋다. 겨울 바다를 보고 온 학생의 메모를 보자.

〈겨울 바다〉

춥다.

바람 많이 붊.

사람 없음.

시끄러움.

처음부터 완벽한 글을 쓰려고 무리하지 말자. 현상을 받아들이고 보이는 그대로 쓰는 것부터 시작하면 된다. 경험을 적어두면 나중에 글을 쓸 때 좋은 자료가 된다. 사소한 경험이라도 상상하거나 다른 사람에게 전해 들은 것 이상의 가치가 있다. 얼마나 추운지 설명을 듣는 것보다 직접 체험하면 더 생생하게 쓸 수 있다. 내가 포착한 내용을 최대한 자세히, 가능한 많이 적어두는 편이 좋다. 조금 더 관심을 가지고 앞

의 메모에 구체적인 설명을 덧붙여보자. 이때 '얼마큼?'이란 질문이
도움이 된다.

〈겨울 바다〉

패딩을 입었는데도 소름 돋을 정도로 춥다.

머리카락이 뽑힐 만큼 센 바람이 많이 분다.

해변에 우리 가족 말고는 사람이 없다.

바람 소리와 파도 소리가 이어폰을 꽂은 듯 크게 들린다.

**적극적으로
정보 찾기**
사람들은 뻔한 이야기를 쓰기 싫어한다. 특
별할 것 없는 이야기를 쓰는 일에 피로감을
느낀다. 똑같은 경험을 하더라도 받아들이
는 사람의 상황이나 상태에 따라 다른 이야기를 할 수 있다. 억지로 이
야기를 특별하게 꾸밀 필요는 없지만 자신이 알고 있는 정보를 활용해
충분히 개성 있는 글을 쓸 수 있다. 그러려면 적극적으로 정보를 수집
하려는 노력이 필요하다. 관심을 두게 된 대상에 대해 내가 기존에 모
르던 사실을 조사해본다. 인터넷을 통해 검색할 수도 있고, 책을 찾아
볼 수도 있다. 나보다 경험이 많은 사람과 대화를 나누는 것도 방법이
다. 아는 만큼 보이고, 보이는 만큼 쓸 수 있다. 관심을 기울이지 않으면

이렇게까지 적극적으로 행동하지 않게 된다. 그래서 글쓰기 초보자들은 먼저 관심 있는 주제를 쓰면서 글에 흥미를 붙이는 게 좋다. 영화 〈원더〉(2017)를 본 후 두 학생이 쓴 글을 비교해보자.

예시 1

영화 〈원더〉를 봤다. 재미있었다. 주인공의 얼굴이 너무 무서웠지만, 자신의 상황을 극복하고 친구들과 잘 지내는 모습을 보니 다행이라고 생각했다. 잭과 썸머 같은 친구가 주인공 옆에서 큰 힘이 되어주어 다행이었다. 주인공 때문에 부모님의 사랑을 많이 받지 못한 누나가 안타까웠다.

예시 2

소설 『아름다운 아이』 원작인 영화 〈원더〉를 봤다. 유전자에 의한 안면 기형 장애로 27번의 성형 수술을 받은 '어기'가 주인공이다. 홈스쿨링을 하던 어기는 열 살이 되자 어머니의 권유로 학교에 입학한다. 힘든 일들이 많았지만, 친구들의 도움으로 무사히 학교생활을 하게 된다. 어기 역을 맡은 아역 배우는 매번 두 시간이 넘는 특수 분장을 받았는데, 턱과 뺨에 보형물을 붙이는 과정 동안 한 번도 힘든 내색을 하지 않았다고 한다. 앞으로 연기 활동이 기대되는 배우다.

영화를 보고 느낀 점만 쓴 예시 1과는 달리 특수 분장에 관심을 가지고 기사를 찾아본 예시 2의 글은 내용이 조금 더 풍성해 보인다. 원작에 관심이 생겨 소설을 읽고 영화와 비교하는 글쓰기를 해도 좋다. 조금 더 많은 정보를 수집하면 그만큼 할 이야기 많아지고, 내용이 풍부한 글을 쓸 수 있게 된다.

요리를 시작하기 전 가장 먼저 메뉴를 정해야 한다. 세상에 어떤 음식이 있는지 알고 있어야 선택의 폭이 넓어진다. 늘 먹는 음식만 만든다면 질릴 수 있다. 그래서 다양한 레시피를 찾아보고 새로운 음식에 도전하게 된다. 글쓰기도 마찬가지다. 늘 쓰던 글이 아닌 새로운 글을 쓰기 위해 다양한 정보를 찾아보는 수고가 필요하다.

관심 기록하기

아무리 관심을 가지고 정보를 많이 수집해도 기록하지 않은 정보는 무용지물이 된다. 기억을 너무 믿어서는 안 된다. 내가 관심을 두고 있는 분야를 정해 스크랩해두어도 좋고, 그때그때 흥미를 느낀 대상을 적어놔도 좋다. 머릿속으로만 생각하면 금방 휘발된다. 눈에 보이게 적어두는 게 핵심이다.

지금 주위를 한번 둘러보자. 내가 바라보는 세상은 어떤가? 무엇을 발견했나? 사소한 내용이라도 좋다. 지금 내 눈에 띄는 것들을 모두 적어보자. 그동안 대수롭지 않게 여겼던 상황들도 나열해보면 내가 특히 어떤 부분에 관심 가지고 있는지 알 수 있다. 영어를 공부할 때 단어장을 만들듯이 글쓰기에 필요한 재료를 글감 창고에 모아보자. 주제에 적절한 글감을 언제든지 꺼내서 쓸 수 있게 잘 보관하는 것이 중요하다. 꼭 글 한 편을 완성하지 않아도 된다는 것을 잊지 말자. 한 문장만 써도 충분하다. 관심을 확인하는 과정이라고 생각하자. 질문 글쓰기 1단계에서 쓸 수 있는 글은 다음과 같다. 관심이 하나의 문장이 된 예들이다.

1단계 글쓰기 예: 관심 나열하기

· 친구들이 시간 있을 때마다 유튜브 방송을 많이 본다.
· TV에서 캠핑 프로그램이 많이 방영된다.
· 이번에 휴대폰 가격이 또 올랐다.
· 패스트푸드점 햄버거에 당분간 토마토를 안 넣어준다고 한다.
· 채소로 만든 패티에서 고기맛이 났다.
· 연예인의 과거 학교 폭력 문제가 심각하다.

일상에서 다양하게 관찰할 수 있는 일 중에서 유난히 나의 관심을 끄는 일이 있다. 신문 기사도 마찬가지다. 그 많은 제목 중에서 내가 관심을 가졌던 단어가 눈에 들어오게 되어 있다. 당장은 글로 자세히 풀어쓸 수는 없어도 사실을 기록한다든가, 순간의 생각, 감정, 행동을 모두 적어보자. 이 한 문장에서부터 질문 글쓰기가 시작된다.

관심을 기록하는 방법은 여러 가지가 있지만 1장에서 살펴본 '질문 노트' 방법을 활용해도 좋다. 별도의 '관심 노트'를 마련해 스크랩하거나 기록하면 된다. 또는 질문 노트를 '관심과 질문 노트'로 확장해 앞에서부터는 관심을, 맨 뒤에서부터는 질문을 기록하는 것도 좋은 방법이다. 순간적으로 떠오르는 생각을 잊어버리기 전에 적는 게 관건이므로 노트를 늘 가까이에 두자.

우선 옆의 빈 공간에 연습해보자. '최근 내 관심을 끄는 것들은 무엇인가?' 빈칸을 다 채우지 않아도 된다. 관심사가 무엇인지 자유롭게 적어보면 자신도 몰랐던 생각의 흐름을 발견하게 된다.

1단계 글쓰기 실습: 관심 기록하기

☑ 02

질문 글쓰기 2단계 :
관심으로 질문 만들기

**질문으로
글의 방향 찾기**

한 편의 글에 관심 사항 전부를 쓸 수는 없
다. 가지고 있는 기록에서 쓰고자 하는 글
을 위해 소재를 추려야 한다. 문장 하나하
나에 질문을 던져보자. 질문거리가 많다면 그 주제는 좋은 글감이 될
가능성이 있다. 적어도 뭘 써야 할지 몰라 시작도 못 하는 사태는 발생
하지 않는다. 2단계는 두 과정으로 이루어진다. 1단계에서 살펴본 관
심 사항으로 질문을 끌어내고, 그 질문으로 내 글의 첫 문장을 만들어
보는 것이다.

질문을 찾는다는 것은 관심에서 한 발짝 더 나아가는 행동이다. 관

심 가는 대상을 더 잘 알기 위해 질문이 필요하다. 앞에서 '관심 갖기'가 요리할 때 어떤 메뉴가 있는지 찾아보는 단계라면, 질문 만들기는 재료 선택하기라고 할 수 있다. 같은 요리라도 어떤 재료를 사용하느냐에 따라 맛이 달라진다. 질문 만들기는 글의 방향을 정하는 중요한 단계다. 방향을 잘못 잡으면 내가 의도하지 않은 쪽으로 내용이 흘러갈 수 있다. 앞에서 살펴본 1단계 예시 가운데 첫 번째 문장으로 글쓰기를 확장해보자.

관심 선택하기와 질문 만들기의 예

1단계: 관심 선택하기	친구들이 시간 있을 때마다 유튜브 방송을 많이 본다.
2단계: 질문 만들기	· 친구들은 언제 시간이 생기나? · 친구들이 왜 유튜브 방송을 볼까? · 친구들은 어떤 유튜브 방송을 볼까?

어디에 핵심을 두느냐에 따라 질문이 달라지고, 어떤 질문을 선택하느냐로 글의 주제가 정해진다. '시간'에 방점을 찍는다면 글은 청소년의 시간 관리나 여가 시간 활용 등 시간에 집중한 글로 방향을 잡게 된다. '왜'라는 질문으로 글을 쓴다면 유튜브 방송이 주는 이점이나 매력에 대해 쓸 수 있다. '어떤' 방송인지 쓸 때는 방송 콘텐츠에 관

한 글을 쓰게 된다. 어느 질문에 더 몰두하느냐에 따라 글의 주제가 달라진다.

사소한 질문으로 시작하기

글쓰기에 지치는 학생들을 보면 어려운 주제를 가지고 끙끙대다가 결국 포기하는 경우가 많다. 자신이 완벽히 소화하지 못한 내용을 쓰려고 하니 막막하다. 자신감 없는 글은 티가 난다. 다른 사람의 글을 무턱대고 따라 쓰고 싶은 유혹에 빠지기도 한다. 글쓰기가 재미없고, 빨리 끝내야 하는 숙제가 되어버린다.

질문에도 난이도가 있다. 어려운 질문을 생각하기보다는 내가 다룰 수 있는 질문을 찾는 것이 2단계의 핵심이다. 사소한 질문부터 출발하는 게 좋다. 가장 먼저 할 수 있는 질문은 '왜?'이다. '왜?'라고 몇 번만 물어도 글의 주제를 찾는 데 도움이 된다. 주제에 점진적으로 접근할 수 있는 발판이 되기도 한다. '왜?'라는 질문에 '그냥'이라는 답을 해 생각의 고리를 끊는 학생들은 글에서 중심을 잡지 못하고 우왕좌왕하기도 한다. 질문에 답을 하는 것은 나중 문제다. 끊임없는 질문이 나의 관심과 연결된 글쓰기를 할 수 있게 한다.

1단계: 친구들이 시간 있을 때마다 유튜브 방송을 많이 본다.

2단계: 친구들이 왜 유튜브에 빠져 지낼까?

질문 끊기	질문 잇기
· 그냥, 심심하니까.	· 왜 TV보다 유튜브 방송을 더 많이 볼까?
· 그냥, 재미있으니까.	· 왜 TV보다 유튜브에 더 재미있는 채널이 많을까?

**질문으로
첫 문장 쓰기**

떠오르는 질문을 모두 적었다면 그 질문으로 문장을 만들어보자. 처음부터 너무 욕심 부리지 말고, 우선 한 문장만 써보자. 물론 질문 자체를 첫 문장으로 쓸 수도 있다. 그건 다소 쉬운 방법이다. 두 번째 문장에 무엇을 쓸지 크게 고민하지 않아도 되기 때문이다. 질문에 대한 내 생각이나 조사한 내용을 적으면 된다. 질문으로 시작하는 글이 잘못됐다는 건 아니다. 연습하는 단계이므로 머릿속에서 질문이 사유로 확장되고, 사유를 글로 표현하는 방법을 익히는 게 우선이다. 이번 질문 글쓰기 2단계에서는 물음표를 생각하는 도구로 이용하고, 질문을 통해 떠오르는 생각을 평서형 문장으로 쓰는 걸 목표로 하자. 질문은 방향을 잡아주는 역할을 할 뿐이다. 질문이 어떻게 '~다', '~오'로 끝나는 평서형 문장이 되는지 함께 연습해보자.

질문이 첫 문장으로 이어지는 예

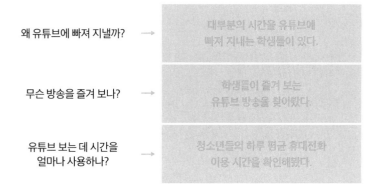

왜 유튜브에 빠져 지낼까? → 대부분의 시간을 유튜브에 빠져 지내는 학생들이 있다.

무슨 방송을 즐겨 보나? → 학생들이 즐겨 보는 유튜브 방송을 찾아봤다.

유튜브 보는 데 시간을 얼마나 사용하나? → 청소년들의 하루 평균 휴대전화 이용 시간을 확인해봤다.

위의 예시에서 확인할 수 있듯이 질문에 대한 답을 하는 게 아님을 기억하자.

질문으로 접근한 내용이 잘 나타나는 문장을 쓰면 된다. '왜 유튜브에 빠져 지낼까?'라는 의문을 가졌다면 핵심은 '왜'에 있다. '왜'인지 이유를 말하기 위해서는 전제가 필요하다. "많은 학생이 유튜브에 빠져 지낸다"는 이 주제로 이야기를 끌고 가기 위한 좋은 첫 문장이다. 마찬가지로 '어떤 방송을 즐겨 보나?'라는 질문은 '어떤'에 방점이 있다. 그 질문에 접근하기 위해 '학생들이 즐겨 보는 유튜브 방송을 찾아봤다'라는 문장으로 시작할 수 있다. 앞의 예시에 적은 문장만이 정답은 아니다. 더 많은 문장을 생각해볼 수 있다. 예를 들어, 마지막 예시문에서 '시간'에 관해 이야기하고 싶다면 제시된 문장 이외에

"청소년들의 하루 평균 휴대전화 이용 시간을 확인해봤다"를 첫 문장으로 쓸 수도 있다.

2단계 글쓰기 실습 : 질문으로 글의 첫 문장 만들기

1단계(61쪽)에서 기록한 나의 관심 사항을 왼쪽 칸에 질문으로 만들어본 뒤, 그 질문들을 오른쪽 칸에 내 글의 첫 문장으로 바꾸어보자.

질문 글쓰기 3단계: 질문 연결하여 문단 만들기

**질문들을
수직으로 배치한다**

2단계에서 질문 찾기를 통해 문장을 썼다면 이제 그 문장에 살을 붙여 문단을 만드는 단계다. 재료가 주어졌으니 어떻게 요리할지 레시피를 연구하는 단계라고 할 수 있다. 어떤 이야기를 쓸지 구상해보자. 2단계에서 머릿속에 떠오르는 질문을 규칙 없이 나열했다면, 3단계에서는 그 질문을 구조화한다. 2단계의 질문들이 수평적 관계에 있었다면, 3단계의 질문은 수직 구조를 갖는다. 질문끼리 밀접하게 연결된다. 이 질문들의 연결 고리를 생각해 문단을 완성할 수 있다. 질문 연결하기는 나의 문제의식을 찾는 중요한 단계다.

나를 들여다보는 질문

외부 상황보다는 내면 소리에 귀 기울여 내가 세상을 어떻게 바라보는지, 무엇을 중요하게 생각하는지 드러내게 된다. 그동안 기회가 없어 표현하지 못했던 내 안의 이야기들을 끄집어내 무의식에서 맴돌았던 여러 생각을 정돈하여 외부로 표현한다. 어떤 주제와 관련해 질문이 떠올랐다면 이는 그와 관련된 문제의식이 있었다는 방증일 것이다. 결국 질문으로 나를 들여다보는 글쓰기를 하게 된다. 다음은 '등산의 경험'이라는 주제로 쓴 글의 예시다. 학생들이 쓴 글을 보면 이들이 어떤 생각을 하고 있는지 짐작할 수 있다.

예시 1. 개별성의 존중

> 산을 싫어한다. 올라가면 다시 내려올 텐데 왜 자꾸 올라가는지 모르겠다. 정상에 올라가서 내려다보면 멋진 풍경을 볼 수 있다고 했지만 미세먼지 때문에 뿌연 도시를 내려다볼 뿐이었다. 힘들게 몸을 움직이는 것보다 가만히 앉아서 휴대전화를 하거나 TV를 보는 게 더 좋다. 사람마다 좋아하는 게 다 다른데 존중해주지 않고 억지로 산에 가라고 강요해서 불편하다.

오랜만에 산에 갔다. 가는 동안 버려져 있는 쓰레기를 보고 화가 났다. 그중에는 산에서 사용했다고 상상할 수 없는 쓰레기도 있었다. 자연을 소중하게 생각하지 않는 사람들을 보면 답답하다. 당장의 편리함을 위해 환경을 훼손하면 다음 세대가 살기 힘들어진다는 걸 모르는 걸까? 자연을 소중히 대하는 태도가 필요하다.

질문들을 연결해서 한 문단 만들기

질문을 구조화하기 전에 질문을 분류하는 작업이 필요하다. 2단계에서 나열했던 질문들 중 맥락이 같은 질문끼리 묶어 상위 질문에 두고 그 질문 안에서 나올 법한 하위 질문을 만들어보자. 하위 질문이 촘촘하게 나뉠수록 내면에 더욱 가까워진다. 내가 하고 싶은 궁극적인 이야기에 근접하게 된다.

같은 레시피를 가지고 요리를 해도 완벽히 똑같은 음식이 만들어지지 않듯, 같은 소재로 글을 써도 전혀 다른 글이 완성된다. 글 쓰는 사람의 경험과 생각이 영향을 주기 때문이다. '나는 이 주제를 이렇게 풀어가야지'라고 구상하는 단계에서 글에 개성이 생긴다.

유튜브를 키워드로 2단계에서 찾은 질문으로 하위 질문 만드는 연습을 해보자.

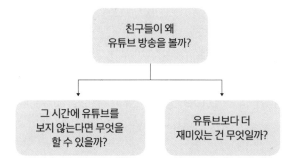

이렇게 하위 질문을 만들었다면, 그 하위 질문에 또다시 하위 질문을 만들어보자.

하위 질문의 하위 질문 만들기

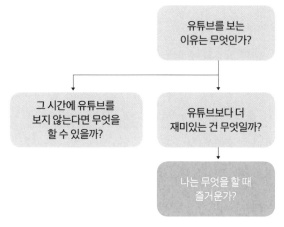

이런 방법으로 계속해서 하위 질문을 이끌어내며 나의 이야기로 좁혀보자. 처음에 바깥에서 만든 질문의 범위를 축소해 내 생각을 정리할 수 있게 된다. 처음부터 답을 적으려고 하기보다는 질문으로 문제의식을 깨우는 단계를 거치면 자연스럽게 내 글에 논리가 생긴다. 이렇게 연결된 질문을 가지고 문단을 완성해보자.

3단계 글쓰기 예시

나에게 유튜브란?

대부분의 시간을 유튜브에 빠져 지내는 학생들이 있다. 아마도 유튜브 방송을 보면서 재미를 느끼는 것 같다. 유튜브 방송 시청은 다른 사람의 콘텐츠를 소비하는 일이다. 그 사람이 게임을 어떻게 하는지, 무엇을 먹는지, 어디를 여행했는지 지켜볼 수 있다. 나는 다른 사람의 일상을 들여다보는 데 흥미가 없다. 내가 직접 경험했을 때가 훨씬 더 재미있다. 화면을 통해 대리 만족을 할 수도 있지만 그렇다고 그게 내 경험이 될 수는 없다. 유튜브 볼 시간에 직접 게임도 하고, 맛있는 것도 먹고, 여행도 하는 게 더 좋은 것 같다.

위의 예시문을 보면 글을 쓴 사람이 유튜브를 보는 것보다 직접 경험하는 것에 더 흥미를 느끼고 있음을 알 수 있다. 처음에는 주변 현상에 관심을 가지고, 그 원인을 파악했다. 정보를 수집해 객관적인 자료를 제시한 다음 자신의 이야기로 들어간다. 이런 방법으로 하위 질문을 더 만든다면 직접 경험하는 것에 가치를 두는 이유를 깊이 생각하게 될 것이다. '그럼에도 유튜브를 본다면 주로 어떤 채널을 보는가?'라는 질문을 할 수도 있다. 이때는 직접 경험하기 어렵다고 여기는 것이 무엇인지를 생각하게 된다. 이처럼 하위 질문은 나의 내면에 조금씩 가까워지는 질문이 된다.

3단계부터는 문단을 이루는 글이 완성된다. 사람에게 이름이 있듯이 글에도 '제목'이 필요하다. 제목은 내 글의 키워드와 연결된다. 글에 어울리는 제목을 붙여보자. 본문에 언급한 단어나 문장을 제목으로 써도 된다. 가장 핵심적인 단어를 찾는 것이 중요하다. 이 글은 유튜브를 다루고 있으므로 키워드를 '유튜브'로 선택할 수 있다. 키워드를 제목으로 해도 되지만, 나와 연결된 글을 썼기 때문에 「나에게 유튜브란?」이라고 수정할 수도 있다. '가제假題'는 말 그대로 임시로 붙인 제목이다. 글의 방향성을 잃지 않기 위해 우선 제목으로 정해놓고 나중에 얼마든지 수정 가능하다.

3단계 글쓰기 실습: 질문으로 문단 완성하고 가제 붙이기

2단계(67쪽)에서 만든 나만의 질문을 연결하여 하나의 문단을 완성해보자. 어울리는 제목도 넣어보자.

제목:

질문으로 완성하는 청소년 글쓰기

☑ 04

질문 글쓰기 4단계: 질문 객관화하기

제삼자 입장에서 보기

관심과 질문을 가지고 3단계까지 글을 썼다면 이제는 관점을 바꾸는 글쓰기를 할 차례다. 내가 처음에 가진 질문을 뒤집어 생각해보는 단계다. 모든 글에는 주제가 있다. 글쓴이가 말하고자 하는 중심축이 흔들리면 글이 난해해진다. 그 중심을 단단하게 하기 위해서는 이를 받쳐주는 글쓰기를 해야 한다. 내면에 접근하는 글쓰기에 그치면 자칫 객관성을 잃는 경우가 생긴다. 이를 방지하기 위해 질문을 객관화하는 단계가 꼭 필요하다.

4단계는 글에서 오류를 찾아내는 단계로, 내 생각이 틀릴 수도 있다는 전제가 있어야 한다. 내가 만든 질문으로 글을 썼을 때 논리적인 비약이 생길 수도 있고, 주관적인 생각을 일반화하는 오류를 범할 수도 있다. 내 글을 읽는 사람들이 의문을 품게 해서는 안 된다.

학생들이 글쓰기 지도를 받을 때 자주 하는 말 가운데 하나는 '그냥'과 '글쎄요' 또는 '몰라요'다. 쉽게 모면할 수 있는 말인 만큼 무책임한 태도이기도 하다. 더 이상 생각하지 않겠다는 선언으로 들리기도 한다. 교사는 그 부분을 놓치지 않고 끈질기게 생각하도록 도와줘야 하고, 학생은 쉽게 할 수 있는 그러한 답 대신 자기 생각을 끈기 있게 들여다보아야 한다. 생각의 흐름이 끊기면 글을 급하게 마무리할 수밖에 없기 때문이다.

질문을 객관화하기 위해서는 내가 서 있는 위치를 바꾸면 된다. 내 생각과 거리 두기를 하고 입장을 바꿔 생각해보면 훨씬 명확하게 보인다. '관점'이라는 건 어떤 주제를 다루는 사람이 생각하는 태도나 방향을 말한다. 같은 상황도 관점에 따라 다르게 받아들여질 수 있고, 다양한 시각으로 생각해보면 조금 더 객관화를 하게 된다.

관점을 바꾼다는 건 '만약'을 전제하는 활동이기도 하다. 만약 내가 저 사람이라면, 만약 나와 생각이 다른 사람이 있다면, 만약 내가 그렇게 행동하지 않았더라면. 확신을 가지고 글을 쓰는 것도 중요하지만, 내 글을 탄탄하게 다듬는 단계라고 생각하면 된다. 이런 과정을 거쳐야 내 글의 주도권을 가져갈 수 있다. '글쎄요', '잘 모르겠는데요'가 아니라 명확하게 답을 할 수 있게 질문을 객관화해보자.

3단계의 글을 객관화하기 위해 어떤 질문을 할 수 있을까? 72쪽의 3단계 글쓰기 예시를 다시 한번 살펴보고 빈자리를 채워보자.

· 유튜브에 재미 말고 유익한 점은 없는가?
· 상황이 여의치 않아 유튜브 방송을 통해 간접 경험 하려는 사람도
  있지 않을까?

_____

_____

_____

_____

객관화한 질문에 맞춰 3단계에서 썼던 글을 수정한다. 다음이 객관적인 관점을 반영하여 수정한 글의 예시다. 바로 위에서 자신이 채웠던 질문의 방향과 어떤 점이 다른지 비교해보며 읽어보자.

유튜브를 대하는 여러 가지 유형

　여가 시간의 대부분을 유튜브에 빠져 지내는 학생들이 있다. 크리에이터들이 늘어나면서 유튜브에는 다양한 콘텐츠가 생산되고 있다. 개인의 일상을 담은 브이로그부터, 책을 소개해주는 영상, 의사나 변호사 등 전문직 종사자들이 지식을 전달해주는 방송까지 한계 없이 제작된다. 유튜브를 본다는 건 콘텐츠를 소비하는 일이다. 친구들이 즐겨 보는 유튜브 영상을 조사해보니, 게임 방송과 뷰티 방송이 가장 많았다. 유튜버가 게임을 어떻게 하는지, 화장을 어떻게 하는지 지켜보는 방송이다.

　나는 다른 사람이 게임하는 걸 지켜보는 것보다 내가 직접 게임을 할 때 더 재미를 느낀다. 물론 게임 방송을 보면서 전략을 파악하고 그대로 실행하면 레벨을 쉽게 올릴 수도 있다. 하지만 게임을 하면서 내가 그 방법을 스스로 알아냈을 때 쾌감이 있다. 게임을 할 수 없는 상황에서는 화면을 통해 대리 만족을 할 수도 있지만 그게 내 경험이 될 수는 없다. 뭐든 지켜보는 것보다 직접 하는 편이 더 좋다. 유튜브 볼 시간에 한 게임이라도 더 하는게 좋지 않을까?

　앞에서 설명한 것처럼 '만약'을 고려하여 객관화하게 되면 지극히 개인적인 경험을 일반화하는 오류를 피할 수 있다. 내 생각이 변하지는 않을지라도 다른 경우의 수를 생각해보면서 시야를 넓히게 된다.

또한 이해를 돕는 예시를 보충해줘서 글이 조금 더 짜임새 있는 꼴을 갖출 수 있다. 어떤 질문을 하느냐에 따라 방향이 달라지겠지만, 4단계의 핵심은 '거리 두기'이다. 다른 관점으로 바라봤을 때 어떤 질문을 할 수 있을지 다양하게 생각해보자.

글의 내용이 일부 변경되고 보완되었으니 제목도 함께 바꿔주자. 지극히 '나'에 한정된 글이 아니라 다양한 경우를 고려했기 때문에 그 내용을 포함한 제목을 고민하면 된다. 예시에서는 「유튜브를 대하는 여러 가지 유형」으로 바뀌었다. 다시 한번 강조하지만 제목은 글의 내용을 짐작할 수 있게 하는 것이 좋다.

4단계 글쓰기 실습: 오류 점검하여 객관적 관점 넣기

다음 빈칸에 3단계에서 완성한 내 글에 다른 관점을 덧붙여 누구에게나 설득력 있는 객관적인 글쓰기를 해보자. 완성하기 전이나 후에 그에 맞는 제목으로 수정도 해본다.

제목:

질문으로 완성하는 청소년 글쓰기

☑ 05

질문 글쓰기 5단계:
질문 확장하기

**모든 사람은
사회 구성원이다**

질문 글쓰기 5단계는 내 안에 있는 이야기를 사회로 확장하는 질문으로 시작한다.

사회에 속한 나를 돌아보는 글쓰기를 하게 된다. 글쓰기를 할 때 '나'에서 시작해서 밖으로 확장하거나, '사회'에서부터 '나'로 좁혀 들어오는 글을 쓸 수 있다. 결국 내가 사회와 연결고리를 가지고 있다는 말인데, 단순한 질문으로 시작하지만 그 안에 사회를 바라보는 나의 관점이 들어가 있음을 알게 된다.

**사회적 관심이
공감을 얻는다**

5단계 글쓰기는 배경지식을 많이 알수록 효과적으로 쓸 수 있다. 1단계인 '관심 갖기'에서 더 나아가 사회에 대한 관심이 필요하다. 뉴스나 신문을 통해 세상에서 어떤 일이 벌어지고 있는지를 알고, 독서를 통해 내 사고를 확장하는 기초 작업을 해야 한다. 아는 만큼 질문할 수 있기 때문이다. 개인과 사회가 어떻게 긴밀하게 연결되어 있는지 확인하고, 이를 글쓰기에 활용하는 방법을 알아보자.

우선, 어떤 일들이 벌어지고 있는지 알아야 한다. 1단계에서 했던 방법을 적용해보자. 관심을 가져보자. 뉴스에서 지속적으로 다루는 주제가 무엇인지 살펴보자. 기사만 보는 것이 아니라, 그 기사를 보고 사람들이 어떤 반응을 보이는지 댓글도 읽는 게 좋다. 물론 감정적으로 쓴 글도 있겠지만, 그 또한 뉴스를 보고 사람들이 느낀 점이기에 자료로 수집해두면 글쓰기에 도움이 된다. 객관적인 자료를 제시해주는 전문 서적도 좋다. 내가 미처 생각하지 못하고 넘어갈 만한 부분을 짚어주는 역할을 한다.

글의 주제가 정해졌다면, 사회에서는 이 주제를 어떻게 바라보고 있는지 질문을 던져보자. 1단계에서부터 4단계까지 이어지고 있는 유튜브 현상에 대해 5단계에서는 어떤 질문을 할 수 있을까? 5단계에 접어든 독자 여러분도 다음 마지막 빈칸을 채우며 함께 연습해보면 좋겠다.

· 연예인들이 유튜브로 1인 방송을 하는 이유는 무엇일까?

· 유튜브 방송 심의는 어떻게 하고 있나?

· 유튜브로 인해 피해 입은 사람들은 없을까?

이런 질문을 하면 본론으로 들어선다. 문제의식을 가지고, 나와 연결된 이야기를 쓰고, 더 나아가 사회로 확장하면서 궁극적으로 내가 하려는 이야기가 완성된다. 질문 확장하기 단계에서는 거시적인 안목이 작용한다. 주제를 멀리 그리고 넓게 살펴볼 수 있다. 사회와 연결된 내용을 추가하면 내 글을 좀 더 논리적이고 객관적으로 쓸 수 있게 된다.

5단계 글쓰기 예시

타인과 소통하기 위한 매개체 유튜브의 양면

연구 결과에 따르면 인터넷 이용자의 60퍼센트가 정보를 유튜브로 검색한다고 한다. 특히 10대 이용자의 경우 69.6퍼센트가 유튜브를 통해 검색 서비스를 이용한다고 한다. 청소년들은 '유튜브가 지식을 쌓는 데 도움이 된다'고 응답했다(나스미디어, 2019 인터넷 이용자 조사). 크리에이터들이 늘어나면서 유튜브에는 다양한 콘텐츠가 생산되고 있다. '~하는 법'을 검색했을 때 영상과 함께 소개되니 많은 사람들이 선호하는 것 같다. 이렇게 유튜브를 계속 봐도 괜찮을까? 실제로 유튜브를 오래 보는 청소년들은 읽기 능력과 계산 능력이 떨어진다는 연구 결과가 나오기도 했다. 하지만, 인터넷 환경만 되면 누구나 접속해서 볼 수 있는 유튜브를 막을 방법이 없다.

개인의 일상을 담은 브이로그부터, 책을 소개해주는 영상, 의사나 변호사 등 전문직 종사자들이 지식을 전달해주는 방송까지 한계 없이 제작된다. 심지어 요즘에는 연예인들도 1인 방송에 뛰어들고 있다. 자신이 주도해서 콘텐츠를 만들고 팬들과 더욱 가깝게 소통하기 위해서라고 한다. 유튜브를 본다는 건 콘텐츠를 소비하는 일이다. 친구들이 즐겨 보는 유튜브 영상을 조사해보니, 게임 방송과 뷰티 방송이 가장 많았다. 유튜버가 게임을 어떻게 하는지, 화장을 어떻게 하는지 지켜보는 방송이다.

나는 다른 사람이 게임하는 걸 지켜보는 것보다 내가 직접 게임을 할때 더 재미를 느낀다. 물론 게임 방송을 보면서 전략을 파악하고 그대로 실행하면 레벨을 쉽게 올릴 수도 있다. 하지만 게임을 하면서 내가 그 방법을 스스로 알아냈을 때 쾌감이 있다. 게임을 할 수 없는 상황에서는 화면을 통해 대리 만족을 할 수도 있지만 그게 내 경험이 될 수는 없다. 뭐든 지켜보는 것보다 직접 하는 편이 더 좋다. 유튜브 볼 시간에 한 게임이라도 더 하는 게 좋지 않을까?

그럼에도 이런 방송에 사람들이 접속하는 이유는 경험의 공유 때문인 것 같다. 게임을 전혀 모르는 사람은 그런 방송을 보지도 않는다.

화장을 안 하는 사람들은 뷰티 방송에 관심도 없다. 자신이 해봤는데 잘 안 됐던 부분을 유튜버가 똑같이 경험하는 걸 보면서 위안을 받기도 하고, 내가 잘 못하는 부분을 해냈을 때는 존경심을 느끼기도 한다. 결국 랜선으로나마 소통을 하기 위해서 유튜브를 보는 게 아닐까 생각된다.

단계별 질문 글쓰기를 하면서 글에 살이 계속 붙고 있는 걸 확인할 수 있다. 사소한 관심에서 시작해서 그 안에서 질문을 던졌을 뿐인데 이렇게 한 편의 글이 완성된다.

앞의 예시 글에서 글쓴이의 생각은 이전과 변함없다. 다만, 그렇지 않은 사람들을 이해하는 입장이 추가됐다. 나는 직접 체험하는 것을 더 중요시하지만, 유튜브를 찾는 사람들이 '소통'을 위해 모이는 게 아닐까 하고 짐작한다. 지극히 개인적인 호기심에서 출발했지만, 질문이 꼬리를 물고 이어지면서 '나'를 알게 되고, 나아가 타인을 이해하게 된 것이다.

물론 5단계가 다소 어렵게 느껴질 수도 있다. 신뢰할 만한 연구 결과나 기사를 찾기 어려운 경우도 있다. 5단계에서 중요한 건 내가 관심 가지고 있는 키워드를 바라보는 외부의 시선이다. 공신력 있는 데이터가 있다면 좀 더 설득력 있게 작용하겠지만, 그런 정보를 찾기 힘들다면 주변 친구들의 의견을 모으는 것도 괜찮다. 몇몇 친구들의 사례를 다수의 의견인 것처럼 쓰는 것만 피하면 된다. 질문을 확장하는 과정에서 자연스레 내 의견을 뒷받침해주는 객관적 자료가 덧붙여지고, 글에 논리가 자리 잡게 된다. 글에 맞춰 제목을 변경해주는 것도 잊지 말자.

5단계 질문을 확장할 때의 주의점

사회적 관점에서 질문을 확장할 때 염두에 두어야 할 점이 있다. 막히면 수정해도 된다는 사실이다. 5단계까지 글을 쓰고 나면 수정하는 데 부담을 느끼게 된다. 하지만 글은 늘 퇴고 과정을 거쳐야 한다는 걸 잊지 말자. 처음 질문은 수정할 수 없다는 생각을 버려야 한다. 게다가 확장된 질문에서 오류를 찾았는데도 그대로 밀고 나가면 안 된다. 글을 쓰다 보면 내 글이 예상했던 것과 다르게 흘러가는 걸 목격하게 된다. 이때, 처음에 생각한 주제를 버리지 못해 그대로 끌고 간다면 그 글은 알맹이를 잃어버린다. 재료가 좋지 못한 요리는 아무리 보기에 그럴듯하게 만들어놓아도 맛이 없다. 요리는 모양은 조금 투박하더라도 맛이 좋아야 한다. 글도 마찬가지다. 내용과 완성도가 중요하다.

　글이 전혀 엉뚱한 방향으로 가고 있다면 과감하게 첫 문장으로 되돌아가야 한다. 이미 한 번 질문 단계를 거쳐봤기 때문에 역으로 추적해 어떤 질문이 잘못됐는지 찾으면 된다. 질문이 잘못됐을 수도 있고, 질문에 대한 내 사유가 제대로 정리되지 않았을 수도 있다. 그럴 땐 단계마다 다양한 질문을 늘어놓고 이것저것 내 글에 맞춰보자. 억지로 끼워 맞추는 게 아니라 꼭 맞게 들어맞는 테트리스 게임처럼 적확한 질문을 찾아내야 한다. 이 작업이 글쓰기를 성장시킨다. 간혹 내 글이 어떻게 잘못됐는지 알 수 없을 때가 있다. 문법적으로나 문단의 구성으로 봤을 때는 완벽한 듯한데, 다 읽고 나서 확실하게 남는 말이 없다면 수정해보자. 이 책의 4장에서 다루는 극복 사례들을 통해 더 자세히 알아볼 것이다.

5단계 글쓰기 실습: 질문을 사회적 관점으로 확장해보기

자기만의 질문을 사회적 관점으로 접근하여 좀 더 논리적이고 설득력 있는 글을 완성해보자.

제목:

질문 글쓰기 6단계: 질문에 답하기

글쓴이의 생각이 명확한 글

질문으로 시작해서 사유를 확장했다면, 질문에 답하는 것이 마지막 단계다. 단답형으로 딱 떨어지는 답을 적는 것이 아니라, 내 의견을 피력하는 단계다. 내가 만든 무수히 많은 질문에 대한 생각을 정리하는 과정이다. 문제의식을 가지고 주제에 접근한 다음 자료 조사를 통해 객관화했다면, 거기에 보태서 내 주장을 펼치는 글을 써보자. 글을 읽었을 때 글쓴이가 어떤 생각을 하고 있는지 명확하게 할 수 있는 표현 방법을 연습해보자.

**두괄식과 미괄식으로
내 생각 담아보기**

주장하는 글쓰기는 논술에서 많이 접해봤을 것이다. 5단계까지 오면서 생각 정리가 됐다면 6단계의 글은 명쾌하게 쓰는 것이 관건이다. 각각의 세분화된 질문에 답하기보다는 상위 질문에 응해야 하위 질문을 아우르는 답을 할 수 있다. 결국 내 생각을 최종적으로 정리하는 단계다.

질문 수정하기까지의 단계를 거쳤기 때문에 어느 정도 글의 윤곽이 나와 있는 상황이다. 이때 가장 먼저 고려해야 할 사항은 두괄식으로 쓸지 미괄식으로 쓸지이다. 둘 다 장단점이 있다.

두괄식으로 썼을 때는 핵심 주장이 앞에 배치되어 글이 명쾌하게 시작될 수 있지만 뒤에 나오는 근거들이 부실할 경우 힘없는 글이 되기도 한다. 미괄식으로 썼을 때는 어떤 주장을 펼칠지 끝까지 긴장감을 가지고 지켜보게 된다. 마지막이 흐지부지되면 글 전체가 힘을 잃지만, 핵심을 잘 표현했을 때는 크게 효과를 얻을 수 있다. 두 예시를 읽어보자. '유튜브'를 키워드로 앞에서부터 계속 예시를 들어온 글을 하나는 두괄식, 다른 하나는 미괄식으로 작문해본 사례다.

타인과 소통하기 위한 매개체 유튜브의 양면

청소년의 유튜브 이용에 대한 문제가 심각하다. 영상 매체에 자주 노출되는 청소년들은 그렇지 않은 청소년보다 학업 성적이 낮고 우울증이나 강박증, 콤플렉스 등을 겪는 경우가 많다는 연구 결과가 나왔다. 그럼에도 유튜브를 무작정 금지할 수 없다. 문제점도 있지만 이를 상쇄할 많은 장점도 있기 때문이다. 막을 수 없다면 효율적으로 유튜브를 활용하는 방법을 알려주는 것이 최선일 것이다.

그러기 위해서는 청소년들이 왜 유튜브를 이용하는지 알아볼 필요가 있다. 내 생각에는 사람들과의 공감대 형성이 가장 크게 작용하는 것 같다. 스마트 기기만 있으면 언제 어디서든 접속해서 내가 원하는 사람을 만날 수 있다. 인간은 사회적 동물이기 때문에 랜선으로나마 연결되어 있을 때 안정감을 찾기 때문이라고 생각한다.

연구 결과에 따르면 인터넷 이용자의 60퍼센트가 정보를 유튜브로 검색한다고 한다. 특히 10대 이용자의 경우 69.6퍼센트가 유튜브를 통해 검색 서비스를 이용한다고 한다. 청소년들은 '유튜브가 지식을 쌓는 데 도움이 된다'고 응답했다(나스미디어, 2019 인터넷 이용자 조사). 크리에이터들이 늘어나면서 유튜브에는 다양한 콘텐츠가 생산되고 있다. '~하는 법'을 검색했을 때 영상과 함께 소개되니 많은 사람들이 선호하는 것 같다. 이렇게 유튜브를 계속 봐도 괜찮을까?

실제로 유튜브를 오래 보는 청소년들은 읽기 능력과 계산 능력이 떨어진다는 연구 결과가 나오기도 했다. 하지만, 인터넷 환경만 되면 누구나 접속해서 볼 수 있는 유튜브를 막을 방법이 없다. 개인의 일상을 담은 브이로그부터, 책을 소개해주는 영상, 의사나 변호사 등 전문직 종사자들이 지식을 전달해주는 방송까지 한계 없이 제작된다. 심지어 요즘에는 연예인들도 1인 방송에 뛰어들고 있다. 자신이 주도해서 콘텐츠를 만들고 팬들과 더욱 가깝게 소통하기 위해서라고 한다. 유튜브를 본다는 건 콘텐츠를 소비하는 일이다. 친구들이 즐겨 보는 유튜브 영상을 조사해보니, 게임 방송과 뷰티 방송이 가장 많았다. 유튜버가 게임을 어떻게 하는지, 화장을 어떻게 하는지 지켜보는 방송이다.

나는 다른 사람이 게임하는 걸 지켜보는 것보다 내가 직접 게임을 할 때 더 재미를 느낀다. 물론 게임 방송을 보면서 전략을 파악하고 그대로 실행하면 레벨을 쉽게 올릴 수도 있다. 하지만 게임을 하면서 내가 그 방법을 스스로 알아냈을 때 쾌감이 있다. 게임을 할 수 없는 상황에서는 화면을 통해 대리 만족을 할 수도 있지만 그게 내 경험이 될 수는 없다. 뭐든 지켜보는 것보다 직접 하는 편이 더 좋다. 유튜브 볼 시간에 한 게임이라도 더 하는게 좋지 않을까?

그럼에도 이런 방송에 사람들이 접속하는 이유는 경험의 공유 때문인 것 같다. 게임을 전혀 모르는 사람은 그런 방송을 보지도 않는다. 화장을 안 하는 사람들은 뷰티 방송에 관심도 없다. 자신이 해봤는데 잘 안 됐던 부분을 유튜버가 똑같이 경험하는 걸 보면서 위안을 받기도 하고, 내가 잘 못하는 부분을 해냈을 때는 존경심을 느끼기도 한다. 결국 랜선으로나마 소통을 하기 위해서 유튜브를 보는 게 아닐까 생각된다.

청소년이 유튜브에 빠지는 진짜 이유

연구 결과에 따르면 인터넷 이용자의 60퍼센트가 정보를 유튜브로 검색한다고 한다. 특히 10대 이용자의 경우 69.6퍼센트가 유튜브를 통해 검색 서비스를 이용한다고 한다. 청소년들은 '유튜브가 지식을 쌓는 데 도움이 된다'고 응답했다(나스미디어, 2019 인터넷 이용자 조사). 크리에이터들이 늘어나면서 유튜브에는 다양한 콘텐츠가 생산되고 있다. '~하는 법'을 검색했을 때 영상과 함께 소개되니 많은 사람들이 선호하는 것 같다. 이렇게 유튜브를 계속 봐도 괜찮을까?

실제로 유튜브를 오래 보는 청소년들은 읽기 능력과 계산 능력이 떨어진다는 연구 결과가 나오기도 했다. 하지만, 인터넷 환경만 되면 누구나 접속해서 볼 수 있는 유튜브를 막을 방법이 없다. 개인의 일상을 담은 브이로그부터, 책을 소개해주는 영상, 의사나 변호사 등 전문직 종사자들이 지식을 전달해주는 방송까지 한계 없이 제작된다. 심지어 요즘에는 연예인들도 1인 방송에 뛰어들고 있다. 자신이 주도해서 콘텐츠를 만들고 팬들과 더욱 가깝게 소통하기 위해서라고 한다. 유튜브를 본다는 건 콘텐츠를 소비하는 일이다. 친구들이 즐겨 보는 유튜브 영상을 조사해보니, 게임 방송과 뷰티 방송이 가장 많았다. 유튜버가 게임을 어떻게 하는지, 화장을 어떻게 하는지 지켜보는 방송이다.

나는 다른 사람이 게임하는 걸 지켜보는 것보다 내가 직접 게임을 할 때 더 재미를 느낀다. 물론 게임 방송을 보면서 전략을 파악하고 그대로 실행하면 레벨을 쉽게 올릴 수도 있다. 하지만 게임을 하면서 내가 그 방법을 스스로 알아냈을 때 쾌감이 있다. 게임을 할 수 없는 상황에서는 화면을 통해 대리 만족을 할 수도 있지만 그게 내 경험이 될 수는 없다. 뭐든 지켜보는 것보다 직접 하는 편이 더 좋다. 유튜브 볼 시간에 한 게임이라도 더 하는게 좋지 않을까?

그럼에도 이런 방송에 사람들이 접속하는 이유는 경험의 공유 때문인 것 같다. 게임을 전혀 모르는 사람은 그런 방송을 보지도 않는다. 화장을 안 하는 사람들은 뷰티 방송에 관심도 없다. 자신이 해봤는데 잘 안 됐던 부분을 유튜버가 똑같이 경험하는 걸 보면서 위안을 받기도 하고, 내가 잘 못하는 부분을 해냈을 때는 존경심을 느끼기도 한다. 결국 랜선으로나마 소통을 하기 위해서 유튜브를 보는 게 아닐까 생각된다.

그럼에도 청소년의 유튜브 이용에 대한 문제는 심각하다. 영상 매체에 자주 노출되는 청소년들은 그렇지 않은 청소년보다 학업 성적이 낮고 우울증이나 강박증, 콤플렉스 등을 겪는 경우가 많다는 연구 결과가 나왔다. 물론 유튜브를 무작정 금지할 수 없다. 문제점도 있지만 이를 상쇄할 많은 장점을 가지고 있기 때문이다. 막을 수 없다면 효율적으로 유튜브를 활용하는 방법을 알려주는 것이 최선일 것이다.

그러기 위해서는 청소년들이 왜 유튜브를 이용하는지 알아볼 필요가 있다. 내 생각에는 사람들과의 공감대 형성이 가장 크게 작용하는 것 같다. 스마트 기기만 있으면 언제 어디서든 접속해서 내가 원하는 사람을 만날 수 있다. 인간은 사회적 동물이기 때문에 랜선으로나마 연결되어 있을 때 안정감을 찾기 때문이라고 생각한다.

같은 글을 순서만 바꿔서 배치해봤다. 어느 쪽이 더 자연스러운가? 1번 글은 두괄식으로 청소년의 유튜브 이용에 관한 문제의 심각성을 첫 문단에 언급했다. 2번 글은 미괄식으로 핵심 생각을 마지막 문단에 배치했다. 같은 글이지만 주요 문단을 어디에 놓느냐에 따라 집중하는 키워드가 달라진다. 예시 1에서는 '소통'에 방점을 찍었다면, 예시 2에서는 '안정감'이라는 단어가 눈에 들어온다. 소통과 안정감은 의미가 통하는 키워드지만, 어느 쪽을 더 강조하고 싶은지 고민해야 한다. 글을 퇴고할 때 구성을 다양하게 바꿔서 내 글이 매끄럽게 진행되는 쪽을 선택하면 된다.

글을 쓸 때 처음 쓴 문장이 반드시 첫 문장이 될 필요는 없다. 첫 문장은 구상일 뿐이다. 퇴고하면서 자유롭게 자리를 바꿔 내 문장이 꼭 들어맞는 위치를 찾아주자. 마찬가지로 내용이 추가되었으니 제목도 보완해보자. 5단계에서 정한 제목이 적합하다면 굳이 수정하지 않아도 된다. 예시 글에 붙인 제목을 참고해 주장이 잘 전달되는 제목을 자신의 글에 붙여보자.

제목:

질문 글쓰기 6단계까지 알아봤다. 단계별로 연습을 한 다음에 글과 친숙해지면 모든 단계를 연결해서 한 편의 글을 완성해보자. 다시 말하지만 질문도 습관이다. 호기심을 가지고 주변을 탐색해야 한다. 그래야 생각이 자라고, 글도 성장한다.

3장에서는 글쓰기 주제로 고민인 청소년과 교사 그리고 학부모를 위해 다양한 사례를 제시해주고 있다. 글쓰기 주제에는 한계가 없지만 동서고금 막론하고 꾸준히 거론되는 주제들로 추렸다. 각 주제에 따라 1단계와 2단계(자아, 소통, 신뢰, 욕망), 3단계와 4단계(고통, 신념, 미래, 평등), 5단계와 6단계(편견, 언어, 열등감, 권력)로 나누어 사례를 소개한다.

3장

꾸준히 다뤄지는
글쓰기 주제에
단계별로 접근하기

☑ 01

질문 글쓰기
1, 2단계

질문 글쓰기는 내 안에 자리 잡은 무의식
의 키워드를 떠올리고 주제와 연결된 질문
을 찾아 내실 있는 글을 쓸 수 있도록 돕는다. 다양한 책과 자료를 접
하면서 자신에게 찾아온 키워드와 질문들은 최고의 글감이다. 우리
의 사고는 1장과 2장에서 다양한 질문을 떠올리면서 이미 말랑말랑
해졌기에 그에 대한 자신의 생각을 정리하면 어렵지 않게 한 편의 글
을 완성할 수 있다.

이 지점에서 가장 중요한 것은 '좋은 질문'을 찾는 힘이다. 모든 질
문이 한 편의 글로 확장되는 건 아니다. 이러한 질문이 무엇인지 알고,

다양한 주제의 질문 만들기 훈련을 해야 한다. 본격적인 질문 글쓰기에 앞서 2장에서 살펴본 '1단계 관심 갖기', '2단계 관심으로 질문 만들기'를 다양한 주제로 활용한 사례를 살펴보자. 3장에서 언급하는 모든 예시는 학생들과의 수업에서 실제로 다뤄진 결과물이다.

주제 1.
나

'나는 누구인가'는 누구도 비껴갈 수 없는 철학적 사유의 시작을 알리는 질문이다.

많은 사람이 고전에서 이 질문의 답을 찾고 있지만, 여전히 답 찾기는 진행 중이다. 각자 찾고 있는 답이 다르기 때문 아닐까? 누구의 삶도 같을 수 없듯이, 누구도 정답을 안다고 말할 수 없다. 자신을 탐구한다는 것은 자신과 마주할 용기가 생겼다는 뜻이다. 하지만 용기가 생겼다고 해도 수없이 많은 산이 기다리고 있음을 확인하면 이내 물러서고 만다. 청소년 시기는 자신에 대해 진지하게 질문을 시작하는 때다. 거대한 철학적 질문 앞에서 자신이 존재하는 이유를 탐색하지만 막다른 골목 앞에서 높은 담벼락을 마주한 느낌만 남는다. '나'라는 주제는 청소년뿐 아니라 성인까지 모두 공유해야 한다. 많은 사람과 질문을 나누며 반복해서 사유해야만 인간의 본질과 자신의 내면에 닿을 수 있기 때문이다. 높은 담을 뛰어넘을지, 왔던 길을 되돌아갈지의 선택은 자신의 몫이다.

다음 표는 여수에 위치한 한 고등학교의 2학년 남학생 열두 명과 『프랑켄슈타인과 철학 좀 하는 괴물』(문명식, 나무를심는사람들, 2014)을 함께 읽고, 자신이 현재 마주하고 있는 질문이 무엇인지 이야기 나눈 뒤 정리한 결과물이다. 이러한 철학적 주제를 글쓰기에 무작정 던지기보다 관련 책을 함께 읽고 서평으로 쓰면 도움이 된다.

수업에 참여했던 학생들은 스스로 사춘기의 중심을 지나고 있다고 말한다. 타인에게 이해받지 못하는 부분을 불가피하다고 생각했다. 학생들은 질문과 답을 교사와 주고받으며 존재의 의미를 깊이 고민하고 있다는 사실을 보여주었다. 부모에 의해 강제로 태어났기에 자신이 무엇을 위해 존재하는지, 자신은 무엇을 위해 살아가야 하는지를 치열하게 자문하고 있었다. 그리고 그 질문에 대한 답을 찾기 위해 부단히 노력하는 중이었다. 몇몇 학생은 이미 스스로에게 질문하고 사유하는 삶을 살고 있다는 점을 알 수 있었다. 다만 어른들이 청소년의 생각을 궁금해하지 않을 따름이다. 아직 어리다며 청소년들의 생각을 잡념이라 폄하하기도 한다. 이 때문에 학생들이 스스로 질문하는 힘을 잃기도 한다. 이러한 질문을 공유하는 것만으로도 존재를 인정받는다고 생각하는 것이 우리의 교육 현실이다. '나'라는 주제는 성인과 청소년도 피해 갈 수 없는 주제라는 면에서 질문-글쓰기 1, 2단계에 적합하다.

질문 글쓰기 1단계 예시

관심 갖기	· 인간은 눈으로 보지 못하는 것에 환상을 부여하는구나. · 괴물이 원하는 것은 사랑이었어. · 인간을 지배하는 건 결국 영혼이구나. · 프랑켄슈타인은 완벽한 인간을 만들고 싶었지.
관련 키워드	· 존재, 본성, 가치, 공동체, 종교, 신념, 일관성, 진정한 나, 미래, 영혼, 완벽한 인간, 데카르트의 이원론, 야만성, 플라톤, 이데아, 동굴 비유, 불쾌한 골짜기 이론, 군중 심리

질문 글쓰기 2단계 예시

관심으로 질문 만들기	· 사람은 무엇을 위해 살아가야 하는가? · 사람은 무엇을 위해 존재하는가? · 공부를 하면 진정으로 내가 무엇을 원하는지 알 수 있을까? · 인간은 왜 오만할까? · 참된 지식이란 무엇일까? · '내가 생각하는 나'와 '타인이 바라보는 나' 중 무엇이 더 진정한 나에 가까울까? · 인간이란 존재는 존중받고 있는가? · 본능대로 행동하는 사람도 인간이라고 말할 수 있는가? · 일관성 없는 태도는 인간의 본성인가? · 인간은 종족 번식의 산물인가? · 개인의 삶보다 공동체의 가치가 우선하는가? · 공동체 안에서 개인은 어떤 의미로 존재하는가? · 왜 인간은 종교를 필요로 하는가?
내가 찾은 질문으로 첫 문장 쓰기	· 인간은 다름을 배척하며 자신을 증명하려고 한다. · 인간은 경험을 믿고, 그 경험을 의심하지 않는 존재다. · 미지에 대한 공포는 인간의 이중성을 드러낸다. · '진정한 나'를 찾는 일은 인간에 대한 인식의 폭을 넓히는 길이다. · 개인의 정체성은 공동체가 추구하는 가치에 영향을 받는다. · 지식은 인간을 어리석게 만들기도 한다. · 인간의 탐욕은 환경에 의해 학습되는 것이다.

주제 2
소통

현대 사회에서 '소통'은 중요한 주제로 떠
오르고 있다. 어떻게 소통할 것인가는 소
통 방법의 문제이지만 소통되지 못한 경우
를 떠올리며 생각을 확장해갈 수 있다. 질문 글쓰기 1단계는 관심 갖
기다. 자신의 관심이 어느 쪽을 향해 있는지 확인하려면 관련 키워드
를 정리한 후 키워드들을 조합해 질문으로 나아가보자.

다양한 키워드를 연상할 수 있다는 것은 유연하게 사고하고 있다
는 뜻으로 해석 가능하다. 하나의 주제를 어디까지 확장할 수 있는지,
사유가 회로화되어 있지는 않은지도 확인된다. 중학생들과의 실제
수업에서 한 학생이 '소통', '차별'과 같은 대비되는 단어에서 '강압
적 소통'을 떠올렸다. 자칫 '소통'을 긍정적 의미로만 접근할 수 있는
데, 권위나 우월 의식에 의한 강압적 소통은 오히려 차별로 이어지기
도 한다는 사실을 생각해냈다. 연관 키워드만 잘 정리해도 판에 박힌
글에서 벗어날 수 있다.

첫 문장 쓰기가 완성되었다면 관련 내용을 이어서 좀 더 써보자. 예
시를 들거나 설명을 덧붙이면 한 문단 글쓰기가 완성된다. 한 문단 정
도 분량을 목표로 한다면 1, 2단계 적용만으로도 충분히 좋은 글을 쓸
수 있다. 다음 표는 코로나19 상황과 소통 문제를 연계해 학생들이 정
리한 결과물이다.

관심 갖기	· 코로나가 심해지니 친구들을 만날 수가 없네. · 온종일 부모님과 같이 있으니 갈등이 심해지네. 대화가 힘들어. · 사람들이 다양한 SNS 채널로 소통하네.
관련 키워드	· 세대 갈등, 연대, 대화, SNS, 익명성, 불화, 가치, 차별, 인연, 역사

질문 글쓰기 2단계 예시

관심으로 질문 만들기	· 소통은 왜 어려운가? · 세대 갈등을 해결할 수 있는 좋은 소통 방법은 없을까? · 소통을 강요하면 오히려 폭력이 되지 않을까? · 익명으로 소통하면 더 자유롭게 생각을 말할 수 있지 않을까? · 소통의 부재는 어떤 문제를 만들어낼까?
내가 찾은 질문으로 첫 문장 쓰기	· 인간관계에서 가장 중요한 가치는 소통이다. · 강압적 소통은 차별을 만들어낼 수 있다. · 역사도 사람과 사람 간의 관계에서 시작된다. 한마디의 말로 전쟁이 일어날 수 있고, 소통이 단절되기도 하지만 소중한 한마디가 연대할 수 있는 힘이 되기도 한다. 상황에 따라 원하지 않더라도 불가피하게 소통해야 하는 때도 있다. · 소통의 부재는 세대 갈등을 초래한다. · SNS상의 익명성은 많은 문제를 드러내기도 하지만 오히려 소통을 강화하기도 한다.

주제 3.
신뢰

신뢰라는 주제로 질문 글쓰기를 해보자. 신뢰라는 주제를 제시하면 "인간관계에서 서로에게 믿음이 있어야 한다" 정도에서 생각이 머무르는 경우가 많다. 하지만 당연해 보이는 정의로는 색다른 글을 쓸 수 없다. 어떻게 하면 진부하지 않은 글을 쓸 수 있을까? 먼저 관심 갖기 단계에서 주변을 탐색해보자.

어떤 글이 좋은 글일까? 주어와 서술어가 잘 호응하고 다양한 어휘를 구사한다면 좋은 글일까? 좋은 글의 기준은 여러 가지이지만 단 하나를 고르라면 '균형'이다. 글쓰기에서는 '균형적 시각'이 중요하다. 누구나 다른 관점을 제시할 수 있다는 열린 자세가 글에서 보인다면 읽는 이의 몰입도를 높인다. 상황을 여러 각도에서 분석함으로써 설득력을 높인다.

글쓰기는 통념과의 싸움이다. 그 싸움에서 승리하려면 낯선 키워드들 간의 연결을 시도하고, 고민해보아야 한다. '당연함'에 매몰되면 글은 진부해진다. 연결 짓기를 반복하면서 자신만의 관점을 수정, 보완해간다면 많은 이의 마음을 움직이는 글을 쓸 수 있다. 다음 예시된 표를 보자. 학생들이 얼마나 깊이 있는 통찰력으로 '신뢰'라는 주제에 접근했는지 확인할 수 있다.

관심 갖기	· 내 주변에는 진정한 신뢰감을 느끼게 해주는 사람이 없네. · 신뢰감을 형성하려면 오랜 시간이 필요하네. · 한번 깨진 신뢰감을 회복하기가 너무 어려워. · 신뢰를 이용해서 뒤통수를 치는 사람도 있네.
관련 키워드	· 양날의 검, 침묵, 시간, 가면, 편견, 응원과 지지, 희망, 돈, 재생 불가능, 기만, 불신의 시대, 종교, 고정관념,

질문 글쓰기 2단계 예시

관심으로 질문 만들기	· 신뢰감을 형성하려면 어떻게 해야 할까? · 상대를 설득해야만 신뢰감을 만들 수 있을까? · 신뢰감이 형성되었다는 것은 어떻게 확인할 수 있지? · 사람마다 신뢰의 정의가 다르지 않을까? · 신뢰를 형성하는 데 꼭 많은 시간이 필요할까? · 어쩌면 신뢰를 이용하는 사람도 있지 않을까?
내가 찾은 질문으로 한 문장 쓰기	· 신뢰는 양날의 검이다. 믿어서 좋을 때도 있지만 믿음으로써 겪게 되는 어려움도 있다. · 침묵해줄 수 있는 것만큼 진정한 신뢰는 없다. · 양보다 질적인 시간이 깊은 신뢰를 만드는 데 더 중요하다. · 신뢰는 가면일 수 있다. 한번 형성된 신뢰가 오히려 그 사람에 대한 편견으로 작용하기도 한다. · 내가 신뢰하는 사람이 정말 믿을 만한 사람이기를, 나의 선택이 틀리지 않았기를 희망한다. · 한번 깨어진 신뢰는 재생 불가능하다. · 고정관념을 신뢰라고 오해하는 경우도 많다. · 신뢰는 타인을 기만하는 도구로 이용되기도 한다.

주제 4.
욕망

개인의 욕망은 다양한 방식으로 드러난다. 자신의 욕망, 사회의 욕망을 정확하게 진단하고, 흐름을 읽는 힘은 성공의 동력이 되지만 무조건적으로 욕망을 지향한다면 자신에 대한 통제력을 잃게 되고 사회를 혼란에 빠뜨린다. 욕망이라는 키워드가 청소년에게는 어떻게 해석될까? 관심과 질문을 통해 글을 완성해보자.

연관 키워드 찾기는 글쓰기 기초 작업을 수월하게 하도록 돕는다. 물론 의미 있는 질문에 접근까지 한다면 밀도 높은 글을 완성할 수 있겠지만 기본 틀 잡기에는 연관 키워드 찾기만으로도 충분하다. 이때 유의할 점은 글쓰기 완성도보다 사유 확장에 더 무게를 두어야 한다는 사실이다. 결과물에 집중하면 농익은 열매를 얻을 수 없다. 충분한 시간과 기다림은 글쓰기에 가장 좋은 거름이다.

질문 글쓰기 1단계 예시

관심 갖기	· 사람들은 누구나 신상을 좋아해. · 친구를 이기고 싶은 욕망 때문에 죄책감이 들어. · 욕망이 강한 사람이 성공하는구나. · 지나친 욕망은 실패의 지름길이야.
관련 키워드	· 소유, 자기애, 경쟁, 맹목적, 통제, 소비, 혼돈, 열망, 간절함, 성취, 만족, 동기(동력)

관심으로 질문 만들기	· 욕망이 크면 나쁜 걸까? · 욕망을 통제하는 힘은 어떻게 생길까? · 욕망이 강하다는 것을 삶의 의욕이 강하다는 의미로 해석해도 되지 않을까? · 사람들의 욕망을 자극하는 것은 무엇일까? · 소유와 욕망은 어떤 관계일까?
내가 찾은 질문으로 첫 문장 쓰기	· 욕망은 강한 자기애에서 시작된다. · 경쟁을 부추기는 사회는 인간을 지나친 욕망에 빠지게 만든다. · 간절함으로 위장한 욕망은 순간적인 만족만을 선사한다. · 욕망은 성공의 동력이다. · 욕망을 통제하지 못하면 혼돈의 나락을 맛보게 된다. · 욕망은 살아 있음을 확인시켜준다. · 소유와 욕망은 비례한다.

☑ 02

질문 글쓰기
3, 4단계

질문 글쓰기 3, 4단계는 질문을 연결하고, 객관화하는 과정이다. 1, 2단계는 경우에 따라 생략이 가능하다. 평소 관심 갖고 지켜보던 문제라면 1, 2단계는 의식하지 못하는 사이에 지나와버렸을 수도 있다. 질문과 관심 노트를 지속적으로 쓰고 있는 학생이라면 1, 2단계를 건너 바로 3, 4단계에 도착하기도 한다.

이 단계에서는 키워드와 키워드, 질문과 질문을 연결하고 수직으로 구조화하는 것이 중요하다. 또한 구조화하는 과정에서 개인의 감정을 토로하는 함정에 빠지지 말고 많은 사람이 공감할 수 있는 객관적인 입장에서의 글쓰기가 되도록 노력해야 한다.

질문 글쓰기에서는 키워드 정리를 먼저 한 뒤 질문 만들기로 넘어갈 수도 있지만, 질문을 먼저 정리하고 키워드를 추려도 된다. 어느 것을 먼저 해도 괜찮다. 다만 학생들마다, 또는 주제마다 작업 순서가 다를 수 있으니 단계를 정해두지 않고 유연하게 진행하기로 한다. 여러 키워드를 선택한 후, 키워드 분류 작업을 하지만 이 역시 상황에 따라 생략할 수 있는 단계다. 예시 1은 키워드 정리를 먼저, 예시 2는 질문 만들기를 먼저 하는 방식으로 소개한다.

예시 1.
인간에게 고통이
없다면 어떻게 될까?

인간이라면 누구나 정신적, 육체적 고통을 느끼는 순간을 맞이하기에, '고통'이라는 키워드 역시 많은 글에서 다뤄지고 있다.

'고통'은 항상 '좌절'과 함께한다. 고통을 주는 요인은 사람마다 다르겠지만 인간이라면 모두 고통 속에서 살아가고 있다. 그리고 그로 인한 좌절을 경험한다. 고통을 극복하면 그것이 사라질까? 그렇지 않다. 극복한 이후에 고통은 기억으로 저장되기에 사라졌다고 말하기 어렵다. 그렇다면 "인간에게 고통이 없다면 행복할까?"라는 질문도 해볼 수 있다.

동화책 『긴긴밤』(루리, 문학동네, 2021)은 고통이 이어지는 삶의 모습을 보여준다. 주인공 코뿔소 노든은 사랑하는 이들을 떠나보내면서 외롭고 절망적인 시간을 버틴다. 무엇을 위해 견뎌야 하는지 뚜렷한 명분이 없지만 누군가를 보호해야 한다는 이유로 그저 계속 걷기만 한다. 독자는 코뿔소 노든의 여정에 함께하며 "인간에게 고통이 없다면 어떻게 될까" 생각해볼 수 있다.

『긴긴밤』은 행복의 의미를 재해석해볼 수 있도록 돕는 책이기도 하다. 행복의 의미는 다양하게 해석될 수 있다. 코뿔소 노든의 삶을 들여다보며 자신의 인생이 어디를 향해 나아가고 있는지 함께 돌아볼 수 있다. 고통과 행복의 관계에서 포착한 질문으로 어렵지 않게 짧은 글 한 편을 완성했다. 사유의 깊이는 무엇을 질문하는가에서 달라진다. 좋은 질문은 무엇을 고민해야 하는지 잘 안내하는 가이드이다.

선택 키워드

정체성, 순리, 선택, 연대, 이별, 고통, 좌절, 운명, 바다

↓

상위 키워드

고통과 연대

질문 정리

· 코뿔소 노든은 왜 코끼리 고아원을 떠났을까?

· '코뿔소답게' 산다는 것은 어떤 의미일까?

· 사랑하는 가족과 친구의 죽음은 노든에게 어떤 영향을 주었을까?

· 고통이 계속되는 삶을 이어가려면 어떻게 해야 할까?

· 타인과의 연대는 고통을 극복하는 데 도움이 될까?

· 순리대로 사는 삶은 누구를 위한 것인가?

· 자신의 주어진 운명에 순응하며 산다는 것은 순리대로 사는 삶인가?

↓

선택한 질문

· '코뿔소답게' 산다는 것은 어떤 의미일까?

· 사랑하는 가족과 친구의 죽음은 노든에게 어떤 영향을 주었을까?

· 고통이 계속되는 삶을 이어가려면 어떻게 해야 할까?

· 타인과의 연대는 고통을 극복하는 데 도움이 될까?

책『긴긴밤』은 코뿔소 노든의 고통 극복기다. 노든은 코뿔소답게 생각하고 선택하려 노력했다. 이 부분을 읽으면서 '자기답다'는 것이 무엇일까라는 질문이 떠올랐다. 자기답다는 것은 자신에게 스스로 씌운 틀이 아닐까? 왜 그런 틀이 필요할까? 노든의 생각이 궁금하다.

노든이 선택한 세상은 위험이 가득했다. 인간의 총과 트럭이 아내와 딸을 위협했고 결국 혼자가 되었다. 가족이 죽고 혼자 살아남은 노든은 어떤 마음이었을까? 친구 앙가부의 죽음까지 겪어야 했지만 노든은 묵묵히 나아갔다. 고통은 인간을 성장시킨다는 말이 있다. 사랑하는 이들의 죽음도 노든을 성장시켰을까?

이후 끝없는 여행길을 시작한다. 고통과 좌절이 그를 덮쳤지만 묵묵히 걸어나갔다. 누구도 지키지 못했다는 죄책감은 새로운 친구에 대한 책임감으로 바뀌었다. 나는 노든이 바다를 찾아 계속 앞으로 걸어 나갈 수 있었던 힘이 바로 여기에 있었다고 생각한다. 아내와 딸, 그리고 친구의 죽음에 대한 고통이 컸지만 지켜야 할 또 다른 누군가가 생겼기 때문에 그는 버틸 수 있었던 것이다.

인간에게 고통이 없다면 어떻게 될까. 과연 행복할까. 그러나 고통이 없다는 것은 상대적으로 행복도 인지하지 못한다는 의미다. 행복이란 고통이 전제돼야만 인지 가능한 감정이기 때문이다. 비록 노든의 큰 슬픔이 안타깝지만 그만큼 그가 느낀 행복도 컸다는 뜻이다. 가족을 잃었지만 펭귄 친구와의 동행이 더 특별하게 기억될 수 있는 계기가 되었다.

'나는 어떤 존재인가'는 동서고금 막론하는 질문이지만 명쾌하게 답할 수 있는 사람은 거의 없다. 청소년기를 지나는 학생 중 많은 수가 이 고민에 빠진다. 자신이 무엇을 좋아하는 사람이고, 어떤 삶을 살고 싶은지, 어떤 것을 지향하는 인간인지 스스로의 질문과 마주한다. 하지만 그 고민의 답은 좀처럼 찾아지지 않는다. 성장과 함께 변화가 많은 시기이기도 하지만 자신에 대해 탐구해볼 시간과 기회가 많지 않기 때문이다.

자기 존재에 대한 고민은 확신과 의심을 반복하게 마련이다. 어제까지 옳다고 믿었던 진리가 하루아침에 전복되는 경험을 하고 나면 자신의 믿음을 더 이상 온전히 믿을 수 없게 된다. 확신과 의심이 교차하는 과정에서 만들어진 불안은 스스로에게 많은 질문을 하게 만든다. "자신을 온전히 믿을 수 있을까?"는 '가능하다', '가능하지 않다'라는 이분법적인 시선을 요구하는 것이 아니라 타인과 자신에게 조금 더 다가갈 수 있도록 만드는 디딤돌 같은 물음이다.

중학교 3학년 태호가 이 질문을 받았을 때, 무척이나 난감해했다. 살짝 멋쩍은 웃음을 보이며 교사에게 되물었다. "내가 나를 안 믿으면 어떡해요?" 교사는 다시 질문했다.

"태호는 자신의 어떤 점에 가장 믿음이 가?"

"태호가 생각하는 '자신에 대한 온전한 믿음'이란 어떤 것인지 설명해줄 수 있을까?"

"믿지 못한다는 것은 어떤 의미일까?"

"자신을 믿는다는 사실을 어떻게 확인할 수 있지?"

태호는 대화하는 두 시간 내내 정체성, 확신, 신념 등의 키워드를 나열하며 말을 이어갔다. 스스로를 믿고 신념을 공고히 하고 싶은 마음과 자신에 대해 잘 알지 못한다는 전제를 인정해야 한다는 모순의 충돌을 감당하기는 쉽지 않았다. 신념이 있다는 확신은 오히려 자신을 편견 가득한 존재로 만들 수 있다는 현실을 인정하게 했다. 토론을 마친 뒤 일주일 동안 생각을 정리한 태호는 몇 가지 질문을 연결해 한 문단의 글을 제출했다. 이 책에서는 독자가 읽기 편하게 그 하나의 문단을 넷으로 나누어 다음에 실었다.

신념의 이중성

중학교 3학년 김태호

"자신을 온전히 믿을 수 있을까?"라는 질문이 주어졌다. 두 번 고민하지 않고 당연히 가능하다고 대답했다. 자신을 믿지 못할 이유가 없기 때문이다.

그런데 '자신에 대한 온전한 믿음'이 어떤 건지 설명할 수 있겠냐는 질문에서 말문이 막혔다. 그 순간, 나를 믿는다고 말했지만 나보다는 타인과 공인된 지식을 더 믿고 있을지도 모른다는 의심이 시작되었다.

나의 믿음이 사회적으로 인정받을 수 있는 것인지, 다른 사람이 보기에 그럴듯해 보이는지 검열을 반복하고 있었음을 알았다. 나의 신념 체계를 탄탄하게 쌓아가는 것이 아니라 외부 목소리에 집중한 것이다. 이쯤 되면 자신을 믿는다는 확신은 인정 욕구에 가득 찬 자신을 돌아보지 못한다는 의미로 해석해야 하지 않을까.

프리드리히 니체는 "신념은 감옥이다"라고 말했다. 비뚤어진 신념은 오히려 자신을 가두어버린다는 의미다. 우리는 강한 신념을 가진 사람에게서 에너지를 느끼기도 한다. 그 에너지는 어디에서 오는 걸까. 인간에 대한 온전한 믿음의 본질은 무엇일까. 새로운 질문이 내게로 왔다.

태호는 긴 토론 끝에 신념과 인정 욕구 사이에서 깊은 딜레마에 빠졌다. 그리고 신념의 이중성이라는 키워드로 글을 쓰기 시작했다. 니체의 문장을 빌려 신념이 스스로를 가두는 감옥일 수 있음을 인정하는 지점에서 태호는 다시 질문한다. "자신에 대한 온전한 믿음의 본질은 무엇일까?" 새로운 질문과 마주하며 태호의 시선은 나에서 인간으로 확장되어갔다.

예시 3.
미래 사회에서
인간은 행복할까?

이희영 작가의 소설 『페인트』(창비, 2019) 는 저출산 문제를 해결하기 위해 국가가 아이를 대신 양육하는 미래 사회를 그렸다. 첨단 시설을 갖춘 NC센터는 아이들에게 환상의 공간으로 다가오기도 한다. 더 이상 필요하지 않은 국방비를 투자한다는 설정은 작품의 설득력을 더했다. 중학교 1, 2학년 청소년은 글쓰기 수업에서 『페인트』를 다양한 관점으로 해석했다. 참고로, 이 작품에서 페인트란 아이들이 자신의 양육자를 면접하는 '부모 면접'을 뜻한다.

· 제누는 부모님이란 존재에 신뢰를 갖지 못한 인물이다.
· 필요에 의해 진행되는 페인트가 가족 간의 유대감을 만들어줄 수 있을까?
· NC센터는 이중적 공간이다(금전적 이익을 추구하지 않기 때문에 평화로운 공간으로 보일 수도 있지만 그 이유만으로 NC센터가 좋은 양육 공간이라고 말할 수 있을까? 또한 자녀 양육의 책임을 전적으로 개인에게 돌리고 경제적 이익을 우선시하는 사회로 나가게 된다면 어떨까?). 완벽하면서도 비완성적인 공간이다.
· 모두 똑같은 교육을 받는 공간이 아이들에게 도움이 될까? 획일화될 수 있다.
· 이 사회의 부속품이 될 수는 있지만 이끌어나갈 만한 사람이 되기

- 는 어려울 것 같다.
- 이상적 공간이라고 만들었지만 이면에는 그 이상적인 공간이기 때문에 생기는 문제들이 있을 수 있다.
- NC센터는 완벽에 가까운 존재를 만들어내는 공장이다. (오히려 거부감이 커진 것이다.)
- 국가의 존속을 위해 자녀 양육 책임을 국가에 넘기는 것은 정당화될 수 있을까? (전체론적 접근이다.)

   중학교 1, 2학년 학생들이 『페인트』에서 찾은 질문은 무거웠다. 신뢰, 유대감, 모순, 획일화 등 우리가 수없이 고민했던 문제와도 닿아 있었다. 토론 현장에 참여했던 학생들조차 친구들이 쏟아낸 의견에 많이 놀랐다. 무심코 혼자 떠올렸던 생각들이 모여 작품에서 언급하지 않은 문제들까지 깊이 논의하게 되었기 때문이다. 모두가 함께 찾아낸 질문들을 토대로 각자 나름의 선별 과정을 거친 후 글쓰기 기초 작업을 했다. 자신이 문제의식을 느꼈던 질문들을 연결하고 상위 키워드로 확장해서 설득력 있는 탄탄한 글을 완성해냈다.

선택 키워드
저출산, 국가 개입, 책임, 자녀 양육, 관계, 부모, NC센터

↓

키워드 분류
저출산, 국가 개입, NC센터 / 부모, 관계, 책임, 자녀 양육

↓

상위 키워드
미래 사회

문장과 문장을 연결하기 위해 도출한 질문

· 필요에 의해 진행되는 페인트가 가족 간의 유대감을 만들어줄 수 있을까?

· 모두 똑같은 교육을 받는 공간이 아이들에게 도움이 될까?

· NC센터는 완벽에 가까운 존재를 만들어내는 '공장'이 아닐까?

· 국가의 존속을 위해 자녀 양육 책임을 국가에 넘기는 것은 정당화 될 수 있을까?

· 미래 사회에서 자녀 양육의 책임은 누구에게 있는 걸까?

먼저, 책을 읽고 난 후 떠오른 키워드를 나열한다. 그다음 나열된 키워드를 살펴보며 분류 기준을 세운다. 위의 그림에서는 사회적 접근과 개인적 접근으로 나누어 분류했다. 그리고 그 두 분류를 아우르는 상위

키워드를 뽑아냈다. 상위 키워드는 바로 글의 제목으로 연결되었다.

　이희영 작가의 소설 『페인트』는 미래 사회의 저출산 문제를 다룬 책이다. 자녀 양육을 국가가 세운 NC센터에서 책임지고, 자녀가 부모를 선택할 수 있게 하는 시스템을 운영하고 있다. 작품 속 NC센터는 완벽하게 보인다. 철저하게 통제되고, 아이들의 모든 것을 관리한다. 하지만 그 완벽함이 왜 불편하게 다가오는 걸까.

　NC센터는 너무 완벽하기 때문에 불편하다. 그 완벽함은 NC 아이들을 정교하게 제작된 인형 같은 존재로 만들었다. 극도의 통제와 관리를 한다는 것은 그만큼 자유를 침해한다는 의미다. 자유와 바꾼 안정이 오히려 불안해 보이기까지 한다.

　자녀 양육 책임 회피를 국가가 정당화해준다는 점도 불편하게 다가왔다. 아이를 버려도 묵인하는 사회 분위기라면 '가족'이라는 개념이 현재와는 상당히 다른 의미로 해석되고 있음을 어렵지 않게 추측할 수 있다. 결국 '페인트'는 부모와 자식의 이해관계를 드러나게 했다. 가족이 더 이상 사랑을 주고받는 관계가 아니라 서로 원하는 것을 주고받는 관계인 것이다.

　과연 미래 사회에서 인간은 행복할까? 과학이 무한대로 발전한 세상은 인간에게 어떤 즐거움을 줄까? 그리고 인간은 그에 대한 대가를 얼마나 치러야 할까? 『페인트』를 읽는 내내 주인공 제누301의 건조하면서도 냉소적인 시선에서 미래 사회의 차가운 온도가 느껴졌다.

글쓰기를 위한 사전 작업에서부터 드러났던 『페인트』에 대해 경계심을 그대로 드러내는 글이 완성되었다. NC센터의 완벽함이 자녀 양육 책임의 회피를 정당화하는 구실이 되었다고 보았고, 부모 자식 관계를 정의하는 작가의 관점에 강한 불편함을 드러냈다. 하지만 이 글을 쓴 학생은 불편함에 머물지 않고 '완벽함의 대가를 얼마나 치러야 하는가'라는 더 큰 질문으로 연결했다.

예시 4. 차별에 반대하면 평등한 사회를 만들 수 있을까?

차별 감수성을 상승시키는 책들이 쏟아지고 있다. 차별 감수성이란 다른 성별의 입장이나 상황을 잘 이해하는 능력을 뜻한다.

대다수의 책과 사람들이 무의식적으로 차별의 언어를 사용하지 않도록 경계하고, 잠재되어 있는 차별 의식을 점검해야 한다고 강조한다. SNS에서는 누군가의 차별적 언사를 비난하며 도덕성을 의심한다. 차별 감수성이 낮다고 평가된 사람에게 공격적인 태도를 보이기도 한다. '차별'에 대해 깊이 이야기 나누려면 어떤 질문을 던져야 할까? 어떤 질문이 차별에 대해 다양한 이야기를 이끌어낼 수 있을까?

"차별에 반대하면 평등한 사회를 만들 수 있을까?"라는 질문은 학생들과 함께 논의하는 과정에서 완성되었다. 질문 만들기는 '차별은 나쁜 것', '차별하지 않아야 한다'라는 당위로는 사유를 확장할 수 없다는 한계에서 출발했다. '차별은 왜 나쁠까?', '차별은 불가피한 것이 아닐까'라는 질문을 거쳐 '차별이 없는 사회는 행복할까?'에까지 이르렀다. 또한 우리가 궁극적으로 원하는 것이 '차별 없애기'일까, 아니면 '평등한 사회 만들기'일까에 대해서도 이야기를 나눴다. 서로의 질문을 나누면서 학생들은 최종 질문을 선택했다.

"차별에 반대하면 평등한 사회를 만들 수 있을까?"

최종 질문을 완성한 후 일주일 동안 생각 정리 시간을 가졌다. 『선량한 차별주의자』(김지혜, 창비, 2019)를 함께 읽은 뒤 2차 토론을 시작했다. 참여 학생 모두 자신이 '선량한 차별주의자'일 수 있음에 공감했고, 저자가 제시한 차별 현장에 대해 다양한 입장을 드러냈다. 차별 자체는 부정하지만 불가피하다는 입장도 적지 않았다. '차별'과 '구분 짓기'를 같은 의미로 해석해서는 안 된다는 의견도 많았다.

2차 토론은 최종 질문으로 채택된 "차별에 반대하면 평등한 사회를 만들 수 있을까"에 집중했다. 차별과 평등은 대비되는 개념이 아니라는 의견으로 토론을 시작했다. 차별이 없어진다고 해도 모두 평등하다고 느끼지 않으리란 지적이 있었다. 차별과 평등의 의미를 규정하는 것부터 시작해 건강한 관계가 형성되는 사회를 만들기 위해 필요한 요소들이 무엇일까를 두고도 논의했다. '섬세한 사고가 필요하구나!'라는 짧은 탄식이 오갔다. 다음은 2차 토론 뒤 한 학생이 쓴 글이다.

차별에 반대하면 평등한 사회를 만들 수 있을까

차별금지법에 대한 의견이 분분하다는 기사를 보았다. 차별을 없애기 위해 차별금지법을 만들어야 한다고 말하는 사람도 있지만 진정한 평등을 위해서는 차별금지법을 만들면 안 된다고 주장하는 사람도 있다. 과연 차별은 나쁜 것일까? 차별할 자유를 침해해서는 안 된다는 입장은 어디에서 비롯된 것일까?

어떤 사람들은 자신이 불편하다고 느끼는 사람을 혐오하고 미워할 자유를 제약하면 안 된다고 주장한다. 차별금지법이 학문과 표현의 자유를 침해한다는 의견이다. 그러나 차별이 불가피하다고 말하는 이들은 적지 않다. 열심히 노력해서 성취한 만큼 그에 응당한 대접을 받아야 한다고 말하는 쪽이다. 아이러니한 점은 차별을 반대하는 쪽도, 차별이 불가피하다는 쪽도 개인의 평등과 권리를 침해받지 않아야 한다는 같은 목표를 가지고 있다는 것이다.

차별에 반대하면 평등한 사회를 만들 수 있을까? 아무도 차별받지 않기를 바라는 공통의 목표를 위해 '법을 제정해야 하느냐'는 중요한 문제가 아닐 수 있다. 평등과 자유의 영역을 침해받지 않는 세상은 차별에 반대해서 만들어지는 것이 아니라, 혐오 표현을 법적으로 금지해서가 아니라 올바른 인식과 인정 그리고 존중에서 비롯되는 것이기 때문이다. 더 이상 '차별금지법'에 대한 입장이 정치적 포퓰리즘으로 이용되지 않아야 한다.

이 글을 쓴 학생은 '차별은 나빠'에서 사유의 범위를 한 차원을 높였다. 차별은 나쁜 것인가, 차별에 반대하면 평등한 사회를 만들 수 있을까라는 질문은 '차별은 나쁜 거야'라는 당위를 향한 문제 제기다. 이어 차별 없는 사회가 평등한 사회와 같지 않음을 지적한다. 또한 차별에 반대하는 것과 존중은 다른 차원의 문제임을 강조한다. 글쓰기를 하지 않고 이런 사유의 흐름을 정리할 수는 없다. 질문과 사유가 글쓰기의 핵심임은 여러 번 말해도 과하지 않다.

☑ 03

질문 글쓰기
5, 6단계

평소 자기만의 질문 리스트를 가지고 있으
면 좋다. 자기 질문 리스트를 가지고 있는
사람은 읽기, 쓰기 활동의 깊이가 다르다. 단단하게 다져진 질문의 지
층들이 사유의 폭을 확장시키기 때문이다. 자기 질문 리스트가 없는
사람은 표면적인 사유에서 머물 가능성이 높다. 텍스트를 읽고도 '남
는 것 없는 완독'을 반복할 뿐이다.

질문 리스트의 핵심은 유연성이다. 사유의 연결 고리들이 상황에
따라 다양하게 변화하고 적용된다. 따라서 어느 정도 질문 리스트가
형성되면 다양한 영역과의 연계가 가능해진다. 앞서 1~4단계에서 설

명했던 과정을 연습하면 자연스럽게 자기 질문 리스트가 생성된다.

5, 6단계는 자신이 만든 질문들을 사회적 관점으로 확장하고, 그에 대한 자신의 생각을 설득력 있게 드러내는 과정이다. 다음은 자기 질문 리스트로 글쓰기를 완성한 학생들의 예시다. 질문을 어떻게 확장하고, 자신만의 답을 완성해가는지에 집중해서 살펴보면 좋겠다.

예시 1. '취향과 편견'을 키워드로 한 질문 리스트와 완성 글

· 취향은 어떻게 편견이 되는가?

· 취향과 편견의 차이는 어디에서 드러나는가?

· 사람들은 타인과 생각이 충돌할 때 취향과 편견을 어떤 기준으로 분류하는가?

취향과 편견은 다르다

우리나라는 편견인지 취향인지 알 수 없는 문제로 오랜 시간 대립 구도를 세워왔다. 기성세대와 흔히 '요즘 애들'이라고 불리는 신세대 간의 갈등은 대표적인 예시다. 한때 유행의 중심에서 윗세대와 갈등하던 사람들이 시간이 흐르면 새로운 기성세대가 되어 그 시대의 새로운 문화를 누구보다 비판적으로 바라본다. 같은 주제에 대해, 한쪽은 잘못된 편견이라고 말하고, 다른 한쪽은 개인적 견해, 즉 취향이니 존중해

달라고 강력히 요청한다. 아이러니한 점은 같은 사람이 한 주제에 대해 취향으로 바라보는 때도 있고, 편견이라고 비판하는 때도 있다는 거다. 두 개념은 무려 한 사람 안에서도 유동적인 모습을 보인다.

취향과 편견의 차이는 타인에게 자신의 의견을 피력하는 순간 발현된다. 스스로의 생각으로만 남아 있는 개념은 그냥 한 사람의 수많은 생각 중 하나일 뿐이지만, 타인과의 대화 과정에서 본인의 생각이 취향의 일부로 남을지 아니면 편견이 될지 결정되는 것이다. 여기에서 상대와 생각이 충돌하여 서로를 이해하지 못하고 본인의 주장만을 고집하면 그 생각은 편견이 된다. 취향, 편견이라는 단어를 사용할 수 있다는 것 자체가 그 생각에 옳고 그름이라는 답이 정해져 있지 않음을 의미한다. 모든 생각들은 자신이 살아온 배경과 경험한 것들, 현재 주변 환경이 근거가 되어 만들어지는데, 자신과 다른 사람이 있다는 것을 이해할 수 있는지 여부가 이 경계가 되어주는 것이다.

예시 1의 글 「취향과 편견은 다르다」는 어떻게 취향이 편견이 되는지를 보여주며 첫 문단을 시작했다. 또한 기성세대와 신세대의 갈등이라는 사회적 문제로 연결, 확장했다. 취향과 편견의 아이러니를 제시함으로써 설득력을 더했고, 취향과 편견이 분류되는 지점을 정확히 보여주었다. 세 개의 질문이 글로 완성되기까지 오랜 시간이 걸리지 않았다. 1~4단계를 충분히 연습한다면 생각의 연결 관계를 구조화하여 비교적 짧은 시간에 글을 완성할 수 있는 능력이 생긴다.

인류의 언어는 어떻게 변화하고 있는가

헵타포드의 언어는 여러 면에서 인류의 언어와 다르고, 상당히 난해해 보인다. 그 안에는 같은 우주에 살면서도 전혀 다른 시선으로 세상을 바라보는 헵타포드만의 사고와 문화가 담겨 있다. 소설 속 주인공은 헵타포드의 언어를 배우면서 인류 언어의 세계관과 동시에 헵타포드 언어의 세계관을 탐구하여 과거와 현재와 미래가 하나인 세상을 볼 수 있게 된다. 그들의 언어와 문화를 알게 되면서 이해할 수 없었던 헵타포드의 사고와 언어를 터득한 것이다.

인류와 다른 사고를 기반으로 생겨난 언어인 만큼 인류의 언어와의 차이는 작중에서 크게 표현된다. 사실 이것은 지구의 언어들끼리도 비슷하다. 모든 언어는 그 언어가 생겨나서 발전해온 과정과 그 언어를 사용한 사람들의 문화를 담고 있다. 하지만 문화도 사고도 시간이 흐르면서 조금씩 변화한다. 언어 속에 담고 있는 것들이 바뀐다는 의미는 언어도 같이 변화한다는 의미로 해석될 수 있다.

하지만 이런 언어의 변화를 받아들이는 사람들의 태도는 조금씩 다르다. 어떤 사람들은 언어의 변화를 적극적으로 수용하며, 기존의 언어를 배척하기도 한다. 반면 지금의 언어를 보존하려는 사람들도 있고, 언어를 의도적으로 변화시키려는 움직임도 있다. 그 뒤에는 어떤 사상에 입각하여 언어에 사상을 녹아들게 하려는 이도 있다. 그 과정에서 언어가 변화하는 흐름에 대한 개입이 과해지는 일도 있는데, 이는 다소 안타까운 일이 아닐 수 없다. 언어 자체에 지나치게 집착하는 현상이기 때문이다. 물론 언어가 생각에 의해 움직이기만 할 뿐 생각에 영향을 주지 못하는 것은 아니다. 당장에 외국어 수업에서 그 언어적인 사고를 하라고 가르치는 경우도 있지 않은가. (중략)

사고와 문화는 시간이 흐르며 바뀌고 언어 안에 계속 흔적을 남긴다. 그 흐름을 억지로 붙잡거나 바꾸려고 개입하면 그 언어는 멈춘다. 대표적인 예시로 아랍어가 있다. 현대 표준 아랍어인 푸스하는 1000년도 더 전에 쓰이던 시대의 말을 그대로 따르고 있는데, 그 결과 글은 옛날 것이 그대로 남았지만, 말은 지역마다 다르게 바뀌어 지금의 아랍어 방언은 같은 언어도 다른 언어도 아닌 게 되어버렸다. 1000년 전 아랍어만을 적을 수 있게 구현된 아랍 문자는 현대의 아랍어 방언을 글자로 옮길 수 없게 되었다. 물론 이것도 어떻게 보면 시대의 흐름에 따른 결과라고 볼 수 있겠지만.

물론 언어에 대한 개입이 꼭 나쁜 것만은 아니다. 시대의 흐름에 따른 언어 변화가 꼭 그 언어의 가치에 좋은 영향만을 주는 것은 아니기 때문이다. 결국 상반되는 견해의 충돌보다는 언어와 문화를 대하는 자세 자체가 본질적으로 제일 중요하다고 볼 수 있다. 언어를 사용하고 익힘으로써 얻을 수 있는 시선과 견해는 그 자체로 소중하고 가치 있는 것이다. 역사를 거치며 정립된 결과물이기도 하고. 언어에 대한 간섭과 개입 이전에 언어의 흐름 자체의 가치를 한번 다시 생각해봐도 좋겠다.

예시 2의 글은 테드 창의 단편 「당신 인생의 이야기」를 읽고 질문을 찾아 완성한 글이다. 소설 속 이야기에서 단서를 얻어 인류의 사고 체계와 언어가 어떻게 연결되어 있고, 변화하고 있는지 설명하고 있다. 또한 언어의 흐름에 개입하는 인간의 태도를 지적하며 언어와 문화의 본질을 대하는 자세에 대해 언급하며 마무리했다. 평소 질문하는 훈련이 되어 있지 않았다면 접근하기 쉽지 않는 주제다. 하지만 이 학생은 꾸준히 독서하면서 질문 글쓰기를 실천함으로써 생각의 범위를 확장하고 있기에 어렵지 않게 완성할 수 있었다.

예시 3. '열등감'을 키워드로 한 질문 리스트와 완성 글

· 열등감은 어떻게 표현되는가?

· 열등감도 병일까?

· 열등감은 치유될 수 있을까?

· 열등감은 인간의 굴레인가?

· 인간관계에서 열등감은 어떻게 작동하는가?

대화를 하면서 상대가 열등감에 지배받고 있다고 느끼는 순간들이 있다. 그런 상황들의 공통점은 무엇일까? 자세히 들여다보면 모두 스스로를 필요 이상으로 보호하고 있다는 교집합이 보인다.

열등감은 타인과의 관계 속에서 말투, 대화 소재나 내용 등으로 드러난다. 말하면서 스스로가 인지하지 못할 수도 있지만 사실 알면서도 자신에 대한 과잉보호를 멈추지 못하는 경우 또한 많다. 상대에게 자신의 약점을 드러내는 게 다른 것보다 두려운 것이다. 이런 열등감이 불러오는 표면적인 문제는 사실 듣는 사람의 약간의 불쾌함 말고는 없는 것처럼 보인다. 하지만 진짜 문제는 그 열등감의 정체가 스스로를 좋아하는 마음, 자랑스러워하는 마음의 부족이 가져오는 괴로움, 좌절감이라는 것이다.

그렇다면 열등감은 치유될 수 있는 것일까? 열등감은 다양한 형태로 포장되어 있어 남으로부터 직접적으로 조언을 얻지 못하는 경우가 많다. 그래서 스스로 문제를 인식하기도 힘들고, 해결 방법이 무엇인지, 근본적인 원인이 무엇인지 파악하기 어렵다. 본인의 사고방식이 잘못되었음을 깨닫고, 그것을 바꾸려는 큰 시도와 노력이 필요하지만 결코 쉬운 일이 아니다. 하지만 말투, 행동, 표정 등 겉으로의 모습만 고치면 되는 것들과 달리 근본적인 사고방식이 바뀌어야 하는 부분인 만큼, 실제로 바뀌었을 때 겉으로 드러나는 것보다 내면의 성장이 훨씬 크다는 매력이 있다.

예시 3은 열등감이라는 키워드를 가지고 개인의 열등감을 거쳐 인간관계에서 열등감이 어떻게 작용하며, 치유 가능한가에 대한 내용으로 완성해낸 한 편의 글이다. 질문 글쓰기는 반복할수록 자동으로 글을 구조화하고 있다는 걸 느끼게 한다. 이 단계에 이르면 많은 질문이 필요하지 않다. 구조화와 개요 작성이 동시에 이루어지기 때문이다. 이는 논리적 사고에도 도움을 준다. 논리적인 글이 힘 있는 글이 된다.

예시 4. '권력'을 키워드로 한 질문 리스트와 완성 글

- 권력은 사람을 변화하게 만드는가?
- 억압은 어떻게 또 다른 악행의 근원이 되는가?
- 기득권은 어떻게 세습되는가?
- 힘의 악용은 반복될 것인가?

억압은 어떻게 또 다른 악행의 근원이 되는가?

찰스 디킨스의 소설 『두 도시 이야기』의 배경은 귀족의 폭정 아래 힘들게 살아갔던 18세기 프랑스와 같은 시기의 영국을 교차하며 진행된다. 소설이 보여주는 당시 현실은 상당히 모순적이고 이중적이었다. 시민들은 악의 축인 귀족을 처단하는 데 성공했지만 그사이 희생된 무고한 사람들도 적지 않았고, 혁명을 이끄는 사람들의 모습은 예전의 무자비했던 귀족 세력과 별반 다르지 않았다. 그들은 억압을 피해 자유를 원했지만 오히려 더 큰 억압을 시도했다. 결국 지난 억눌린 마음은 또 다른 악행의 근원이 된 것이다.

권력에 의해 억압받던 사람들이 강한 힘을 얻게 되었을 때, 자신들이 당하던 악행을 반복하는 것은 여전히 일어나는 일이다. 특히 이 소설과 그 모티브가 된 현실에서 '혁명'이 그러했듯 현재도 사회를 바꾸고 움직이려는 과정에서 비슷한 경우를 종종 목격할 수 있다. 물론 그렇다고 해서 혁명이나 사회 운동의 가치가 없는 건 아니지만 자주 그런 일이 뒤따른다.

가문의 악행을 인지하고 귀족이었던 에브레몽드 가문의 특권을 버린 찰스. 그를 살리기 위해 죽음을 선택한 시드니의 태도가 돋보인다. 또한 혼란스러운 사회를 배경으로 한 이야기에서 그 혼란에 대해 저항함과 동시에 이해와 용서가 갖는 힘을 보여주기도 한다. 주요 인물들만이 선으로 묘사되고 다른 인물들은 어떤 형태로든 악으로 묘사되는 건 상당히 흔한 클리셰지만 이 소설이 유명해질 수 있었던 것은 그 흔한 클리셰를 이용해 그 당시 사회의 모습을 솔직하게 담아냄과 동시에 이상적인 방향을 제시했다는 것, 그리고 이야기 속의 혁명 발생 전 프랑스에서 드러나는 힘의 악용이 아직까지도 조금씩 일어나고 있고, 어쩌면 앞으로도 계속될지 모르는 일이기 때문이다.

3장에서는 2장에서 설명한 질문 글쓰기 6단계를 다양한 사례로 적용해보았다. 주제 역시 시대와 국경에 관계없이 꾸준히 다뤄지는 것으로 잡아서 질문이 어떻게 사유를 이끌고, 글이 되는지 보여주는 데에 초점을 맞추었다. 질문 글쓰기의 적용은 한계가 없으며, 변형이 가능하다. 개인적인 상황에 따라 단계를 유연하게 조정하며 접근할 수 있다는 의미다. 무엇을 생각해야 하는지, 어떻게 생각을 확장해가야 하는지 막막해하는 학생이 있다면 질문 글쓰기 1단계부터 천천히 시도해보길 권한다. 세상을 다르게 바라보고, 나만의 관점을 가진 자신과 마주할 수 있다.

4장

내 글이 달라졌어요:
질문으로 극복하기

☑ 01

사례 1:
뭘 써야 할지 모르겠어요

글쓰기 앞에서 막막해하는 학생들에게 잘 쓸 수 있다고 격려와 용기를 주는 것도 중요하지만 실제적으로 그 학생의 글을 첨삭해주는 게 더 필요하다. 두루뭉술한 칭찬을 하거나 정확한 방향을 제시하지도 않고 무턱대고 다시 써보라고 하면 방향을 못 잡고 우왕좌왕하게 된다. 이번 장에서는 학생들이 많이 하는 고민을 들어보고 질문 글쓰기로 극복할 수 있는 방법을 구체적인 사례를 통해 제시하고자 한다. 어떻게 하면 이전보다 더 나은 글을 쓰도록 도와줄 수 있는지 알아보자. 다음이 첫 번째 사례로서, 첫 문장 쓰기에서부터 작성하는 경우다.

백지를 보며 시작할 엄두를 내지 못하는 학생들이 있다. 가장 난감한 상황이다. 이들에게 시간은 크게 중요하지 않다. 10분을 주든, 한 시간을 주든 이 상태로 머무른다. 일주일이 지나도 이 상태 그대로일 수 있다. 쓰려고 시도했지만 첫 문장을 완성하지 못한 학생들은 깜박이는 커서를 보며 자신을 자책하기도 한다. 이런 일이 반복되면 급기야 '나는 글쓰기에 재능이 없다'고 결론 내린다. 다음 순서는 '포기'다. 글 쓰는 시간이 괴롭기 때문에 결국 피하게 된다. 무작정 앉혀놓고 글을 쓰라고 하면 이보다 더 큰 고통이 없다. 아무것도 쓰지 못하고 막막해하는 학생들의 위한 해결법은 무엇일까?

질문 솔루션 1: 글에 관한 사소한 질문 하기

글쓰기는 처음 접할 때가 가장 중요하다. 재미있는 경험을 해야 글에 관심이 생긴다. 첫 경험부터 지루하고, 어렵고, 힘든 일이라고 인식하면 첫인상을 바꾸는 데 오랜 시간이 걸린다. 먼저 글쓰기가 일상적인 활동이라는 사실을 경험하도록 해보자. 글은 생각이나 행동을 글자로 나타낸 기록이다. 우리 생활 곳곳에서 글이 쓰인다. SNS에 글을 올리고, 친구에게 메시지를 보내기도 한다. 쓰는 것 자체를 두려워하는 학생들을 보면 뭘 써야 할지 막막한 것도 있지만, 글쓰기를 제대로 배워본 적이 없어 막연히 어렵다고 생각하는 경우가 많다. 이럴 때는 글을 바로 쓰기보다는 글에 관련된 질문을 하면 더 도움이 된다. 글에 대해 생각하면서 관심을 갖게 한다. 글쓰기가 현실적으로 다가오게 된다. 이 책을 읽는 독자가 양육자나 교사라면 학생에게 아래와 같은 질문을 해보자. 학생 혼자 읽고 있다면 스스로에게 질문을 해보면 된다.

· 가장 재미있게 읽은 글은 무엇인가?

· 그 글이 재미있었던 이유는 무엇인가?

· 내가 만약 글을 잘 쓴다면 어떤 글을 써보고 싶은가?

· 글쓰기를 할 때 가장 어려운 점은 무엇인가?

· 가장 최근에 쓴 글은 무엇인가?

글에 관련된 사소한 질문으로 글쓰기를 생각할 수 있게 하는 질문이면 충분하다. 더불어 질문을 통해 현재 글쓰기에 직면한 자신의 문제를 파악할 수 있다. 해결책을 찾으려면 힘들어하는 이유를 먼저 알아야 한다.

질문 솔루션 2:
질문 적어보기

글을 쓸 때 자신의 생각을 써야 하기 때문에 부담을 느끼는 학생들이 있다. 무슨 생각을 어떻게 해야 하는지도 모르겠는데 글에 쓰라고 하니 난감해한다. 생각을 일목요연하게 정리해서 적기 전에 우선 질문부터 써보도록 하자. 현재 가지고 있는 궁금증이나, 요즘 주목받고 있는 주제에 대해 질문을 만들어본다. 때로는 질문 자체가 글이 되기도 한다.

· 유명인들의 과거 학원 폭력 폭로가 이어지는 이유는 무엇인까?
· 휴대전화 신제품은 왜 이렇게 빨리 출시될까?
· 식당에서 오래 기다려서 밥을 먹는 사람들은 왜 그러는 건까?

질문을 적어보라고 하면 보통 평소에 궁금했거나, 이해되지 않는 점을 떠올린다. 질문을 다 적었다면 이번에는 질문에 답을 적어볼 차례다. 간단히 단답형으로 써도 상관없다.

· 질문: 식당에서 오래 기다려서 밥을 먹는 사람은 왜 그린까?
· 답: SNS에서 유명한 집이라.

글쓰기로 이어지려면 질문과 답 사이에 생략된 부분을 찾으면 된다. 이때 무턱대고 '왜 그렇게 생각하는데?'라는 질문을 던지면 다시 생각의 회로가 막힌다. 여기서 구체적인 질문을 던지는 게 핵심이다.

· 질문 1: SNS에서 유명한 집이면 오래 기다려서 먹을 가치가 있다고 생각하나요?
· 질문 2: 기다릴 수 있는 시간은 최대 몇 시간인가요?
· 질문 3: 유명한 집인데 먹어보니 맛이 없었다면 기분이 어떨까요?

질문을 통해 생각하게 하고, 생각을 글로 적는 게 바로 글쓰기임을 알도록 하자. 위에서 학생이 스스로 찾은 질문과, 추가 질문을 연결해서 정리하면 한 문단의 글을 완성할 수 있다. 질문에 대한 자신의 생각을 적어서 이으면 한 편의 글이 된다는 걸 자연스레 알게 된다. 다음은 위의 구체적인 질문에 답하며 완성한 글쓰기의 예이다.

식당에서 오래 줄을 서서 기다렸다가 밥 먹는 사람들이 있다. 대부분 SNS나 방송에서 유명하다고 한 가게다. (질문 1) 잠깐 기다리는 것은 괜찮지만 몇 시간씩이나 기다리면서 먹을 가치가 있는지 생각했다. 밥을 먹으러 갔다는 건 밥 먹을 때가 됐다는 건데, 그렇게 몇 시간을 기다리면 식사 시간을 놓치게 된다. (질문 2)내가 기다릴 수 있는 시간은 최대 30분이다. 배고픈 상태에서 먹기 때문에 진짜 맛있는 집인지 확인하기도 쉽지 않다. 배고플 때는 뭘 먹어도 맛있기 때문이다. (질문 3) 심지어 배가 고픈 상태에서 먹었는데도 맛이 없다면 기다린 시간이 아깝게 된다. 몇 시간을 기다려 인스타그램에 올릴 사진 한 장만 얻는다.

질문 솔루션 3:
생각하는 질문 하기

글쓰기 주제가 주어졌을 때 어렵게 생각하지 않도록 도와주는 질문을 하자. 이때 지도하는 이는 학생의 글쓰기 개요에 적극적으로 개입하면 안 된다. 자칫 글 쓰는 사람의 생각과 전혀 다른 글을 쓰게 할 수도 있다. 도와주는 질문이란 생각의 방향을 잡아주는 질문이다. 관념적인 질문보다는 직접적인 질문이 좋다. 어려운 주제일수록 쉽게 접근할 수 있는 질문을 해보자. 눈에 보이는 것을 관찰해서 적을 수 있는 질문이 좋다. 다음은 질문 글쓰기로 이어지는 대화의 예이고 주제는 '행복을 느끼는 순간'이다. 지도자 없이 학생이 혼자서 이 솔루션을 얻고 싶다면 스스로에게 묻고 답해보자.

- 교사: 행복하다는 생각을 자주 하는 편인가요?
- 학생: 가끔이요.
- 교사: 뭐 할 때 가장 행복한 것 같아요?
- 학생: 잘 모르겠어요.
- 교사: 가장 최근에 기분이 좋았던 건 언제인가요?
- 학생: 어제저녁에요.
- 교사: 그때 뭘 하고 있었어요?
- 학생: 침대에 누워서 핸드폰 했어요.
- 교사: 핸드폰 할 때 기분이 좋나요?

· 학생: 네.

· 교사: 왜 그런 것 같아요?

· 학생: 잘 모르겠어요.

· 교사: 그럼 핸드폰 할 때 내 모습이 어떤지 한번 적어볼까요?

· 학생: 그냥 침대에 누워서 핸드폰 하고 있는 모습인데요.

· 교사: 침대에 누워 핸드폰을 하기 전 상황과 핸드폰을 하는 중에 어떤 것들을 봤는지, 핸드폰을 그만하기까지의 상황을 써볼까요? 이제 저녁에 있었던 일을 제3자가 관찰해서 쓴다고 생각하고 써보아요.

    글을 쓴 학생은 아직 행복했던 순간을 생각해보지 않은 상황이다. 그럴 때는 행복이 무엇인지 알아보는 질문부터 해야 한다. 긍정적인 감정이기 때문에 기분이 좋았던 경험을 물어보면서 '행복'에 접근하도록 했다. 자신의 행동을 관찰한 짧은 글에서 본격적으로 생각하는 질문하기를 해보자. 다음은 위 대화를 토대로 사실만을 나열한 학생의 짧은 글이다.

학교 마치고 집에 갔더니 아무도 없었다. 책가방을 내려놓자마자 침대에 누워 핸드폰을 했다. 친구들 페이스북도 보고, 좋아하는 연예인 SNS도 찾아봤다. 새로 나온 게임도 다운받아 해봤다. 학원 갈 시간이 되어 핸드폰을 끄고 일어났다.

위 글의 문장 하나하나마다 여러 질문을 만들어낼 수 있다.

· 문장 1: 학교 마치고 집에 갔더니 아무도 없었다.

질문 1: 아무도 없었을 때의 기분은 어땠나요?

질문 2: 집에 누군가 있었어도 침대에 누워 핸드폰을 볼 수 있었을까요?

질문 3: 누군가와 함께 있을 때와 혼자 있을 때 어느 쪽이 더 편안한가요?

· 문장 2: 책가방을 내려놓자마자 침대에 누워 핸드폰을 했다.

질문 1: 다른 것을 하지 않고 침대에 누워 핸드폰을 본 이유는 무엇인가요?

질문 2: 다른 공간도 많은데 침대에 누운 이유는 뭔가요?

질문 3: 만약 핸드폰이 없었다면 무엇을 했을까요?

· 문장 3: 친구들 페이스북도 보고, 좋아하는 연예인 SNS도 찾아봤다. 새로 나온 게임도 다운받아 해봤다.

질문 1: SNS를 보면서 공감을 누르거나 댓글을 달았나요?

질문 2: 게임을 좋아하나요?

질문 3: 핸드폰으로 딱 한 가지만 해야 한다면 무엇을 할 건가요?

· 문장 4: 학원 갈 시간이 되어 핸드폰을 끄고 일어났다.

질문 1: 만약 시간이 더 있었다면 계속 핸드폰을 했을까요?

질문 2: 학원에 늦지 않게 잘 도착했나요?

질문 3: 시간이 충분히 있었어도 핸드폰을 하는 시간이 즐거웠을까요?

　질문을 만들 때 우선 최대의 관심사가 무엇인지 알아보고, 어떤 상태일 때 편안함을 느끼는지, 그걸 행복이라고 볼 수 있는지 생각할 질문을 해야 한다. 질문과 답변을 주고받으면서 자신의 행동을 되짚어보고, 그때의 감정을 생각해볼 수 있다. 누워서 휴대전화를 보는 것 이상으로 행복을 느꼈던 순간을 찾을 수도 있다. 질문으로 생각을 할 수 있게 도와준다. 질문이 이어지면서 막연했던 주제가 일상으로 들어올 수도 있다. 글쓰기를 포기하지 않고 쓰게 하는 것이 바로 질문의 힘이다.

☑ 02

사례 2:
주제를 못 담겠어요

시간 순서대로 일어난 일을 나열한 옆의 글을 읽어보자. 글쓴이가 하고 싶은 말은 무엇이었을까? 분식집의 떡볶이가 맛있었다는 게 이 글의 주제일까? 제법 긴 글을 썼음에도 글에 주제가 안 보이는 경우가 있다. 알맹이가 없는 글을 읽고 나면 왜 읽었는지 모를 헛헛함이 남게 된다. 글을 쓴 사람은 이 글을 쓰면서 분명 하고 싶은 말이 있었을 텐데 읽는 사람은 그 핵심을 파악하기 어렵다. 주제가 잘 드러나게 글을 쓰려면 어떻게 해야 할까?

먼저 글을 쓰는 이유를 정리해야 한다. 글의 목적을 정했다면 그 목

　친구들과 학교 앞에서 만나기로 했다. 한 친구가 늦어서 약속 시간보다 오래 기다렸다. 늘 늦는 친구라 그러려니 했다. 친구들이 다 모여서 미리 계획한 대로 떡볶이 먹으러 가기로 했다. 학교 앞에 있는 분식집에 가기로 했었는데 한 친구가 사거리에 있는 떡볶이 뷔페에 가자고 했다. 먹는 양이 적은 친구는 어차피 많이 못 먹으니 분식집으로 가자고 했고, 먹성 좋은 친구는 뷔페에 가자고 했다. 한참을 결정 못 하고 이야기하다가 결국 분식집에 갔다. 점심시간이라 분식집에 사람이 많았다. 앞에 대기하는 사람도 있어서 오래 기다리다가 우리 차례가 됐다. 만들어놓은 떡볶이가 다 판매되어 조금 더 기다리라고 했다. 너무 오래 걸릴 것 같아 우리는 발길을 돌려 떡볶이 뷔페에 갔다. 오후 브레이크 타임이라 가게 안에 들어가지도 못했다. 다시 학교 앞 분식집으로 왔다. 떡볶이와 순대, 튀김을 시켜서 먹었다. 맛있었다.

적으로 향하도록 글을 구성해야 한다. 쓰다 보면 종종 내가 무슨 글을 쓰고 있었는지 잊고, 다른 이야기로 흘러가는 경우도 생긴다. 의식의 흐름대로 쓰다 보면 우왕좌왕할 수 있다. 정리하지 않고 써도 프랑스 소설가 마르셀 프루스트처럼 대작을 남길 수 있겠지만, 쓸 줄 아는 상태에서 의도한 글과 나도 모르게 완성된 글에는 큰 차이가 있다. 주제가 잘 드러나게 쓰는 데 필요한 질문은 무엇인지 알아보자.

질문 솔루션 1:
하고 싶은 말을
쓰도록 돕는 질문

앞의 글을 쓴 학생은 '약속'이라는 제시어를 보고, 약속을 잘 지키지 않아 난감했던 상황을 글로 썼다고 한다. 상황만 제시하고 글쓴이의 생각이 전혀 들어가 있지 않아 어떤 목적으로 쓰인 글인지 불명확하다. 글의 주제가 무엇인지 알아보는 질문을 해보자.

- 질문 1: 이 글을 읽은 독자가 '약속'에 대해 어떤 생각을 했으면 좋겠어요?
- 질문 2: 왜 약속이 중요하다고 생각하나요?
- 질문 3: 약속했던 것과 다르게 행동하는 친구를 보면 어떤 생각이 드나요?
- 질문 4: 약속이 잘 지켜졌을 때는 어떤 점이 좋은가요?

1차 수정

떡볶이 한번 먹기 힘드네

약속을 잘 지키지 않으면 쓸데없이 시간을 낭비하게 된다. 특히 다른 사람과의 시간 약속을 잘 지켜야 한다. 내 시간뿐만 아니라 다른 사람의 시간도 소중히 대해야 한다. 약속이 잘 지켜지지 않아 힘들었던 경험이 있다.

친구들과 만나 학교 앞 분식집에 가기로 했다. 늘 그렇듯 그날도 약속한 시간에 친구가 오지 않았다. 한참 지나서 나타난 친구는 원래 가기로 약속했던 분식집이 아니라 사거리에 있는 떡볶이 뷔페에 가자고 고집을 피웠다. 먹는 양이 적은 다른 친구는 어차피 많이 못 먹으니 원래 계획대로 분식집으로 가자고 했다. 한참을 이야기하느라 시간을 또 버렸다.

결국 학교 앞 분식집으로 가기로 했다. 가서 봤더니 기다리는 사람이 많았다. 점심시간이라 사람이 몰릴 시간이었다. 한참을 기다리다가 들어갔는데 이번에는 떡볶이가 다 떨어져 한참을 기다려야 한다고 했다. 너무 오래 기다릴 바에야 뷔페에 가는 게 좋을 것 같아서 다 같이 이동했다. 그런데 그 식당은 브레이크타임이 있어 문을 잠그고 정리 중이었다. 다시 학교 앞 분식집으로 갔다. 마침 떡볶이가 다 돼서 떡볶이, 순대, 튀김을 시켜 먹었다. 힘들게 먹은 떡볶이는 꿀맛이었다.

애초에 친구가 약속 시간만 제대로 지켰다면, 원래 가기로 했던 곳에 바로 갔다면 이런 힘든 일을 겪지 않았을 것이다.

처음 썼던 글에 자신의 생각을 넣으니 주제가 비교적 명확해졌다. 독자들이 읽으면서 조금 더 공감할 수 있게 하려면 어떻게 하면 좋을까? 적절하지 못한 예시를 든다면 주제를 끌고 가는 개연성이 부족해 논리력 없는 글이 될 수 있다. 시간 순서상 꼭 넣어야 한다고 생각했던 문장 하나가 들어가면서 전체적으로 혼돈을 주기도 한다. 군더더기를 없애고, 꼭 필요한 내용만 쓰는 것도 주제를 명확하게 드러내는 글쓰기에서 중요하다.

앞의 1차 수정에서 약속과 시간과의 상관관계를 말하고 싶다면, 그에 맞는 내용으로 글을 구성해야 한다. 꼭 필요한 내용은 넣고, 없어도 되는 내용은 빼보자. 주제가 명확하게 드러나지 않은 이유 중 하나는 상황을 정확하게 설명하지 않았기 때문이다. 우선 처음에 만나기로 했던 친구가 몇 명인지, 늦은 친구가 얼마나 늦었는지, 어느 떡볶이 집으로 갈지 정하면서 얼마큼의 시간을 소요했는지 밝혀주는 게 좋다. 시간과 약속이라는 키워드를 중심으로 그에 대한 부연 설명을 할 수 있는 데이터를 모아보자. 약속을 지키지 않은 친구의 태도를 언급해주는 것도 좋다. 늦었지만 당당하게 왔는지, 미안하다는 말은 했는지, 또 다른 친구들은 어떤 반응이었는지 등을 넣어주는 것이다. 약속을 안 지켜서 다른 친구들에게 피해를 줬음에도 마지막에 '떡볶이가 맛있었다'로 끝내면 글쓴이가 과연 주제에 대한 문제의식이 있는지 단번에 확인하기 어렵다. 하나의 주제에 집중해서 글을 끌고 가는 연습을 해야 한다.

- 질문 1: 누구와 언제, 어디서, 무엇을 하기로 했나요? (육하원칙 중 해당하는 것들을 적용해 질문하기)
- 질문 2: 친구들의 태도는 어땠나요?
- 질문 3: 나의 감정은 어땠나요?
- 질문 4: 약속에 관한 나의 가치관은 무엇인가요?

2차 수정

떡볶이 한번 먹기 힘드네

약속을 잘 지키지 않으면 쓸데없이 시간을 낭비하게 된다. 특히 다른 사람과의 시간 약속을 잘 지켜야 한다. 내 시간뿐만 아니라 다른 사람의 시간도 소중히 대해야 한다. 약속이 제대로 지켜지지 않아 힘들었던 경험이 있다.

친구 두 명과 만나 학교 앞 분식집에 가기로 했다. 늘 시간 약속을 지키지 않는 친구 한 명이 그날도 어김없이 20분이나 늦게 왔다. 미안한 기색도 없이 온 친구는 대뜸 원래 가기로 했던 분식점 말고 사거리에 있는 떡볶이 뷔페에 가자고 했다. 배가 많이 고파서 많이 먹을 수 있다고 했다. 다른 친구는 원래 먹는 양도 적고, 학교 앞 분식집으로 가기로 약속했던 거니 이번에는 그리로 가자고 했다. 늦게 온 친구가 고집을 피워 한참을 실랑이하다가 결국 원래 가기로 했던 분식집에 갔다. 그런데 점심시간이라 이미 사람들로 꽉 차 있었다. 점심시간을 피하려고 일찍 만났던 건데 친구가 늦게 오고, 다른 의견을 줘서 한참 지체한 게 문제였다.

15분쯤 대기하다가 들어갔는데 떡볶이가 다 떨어져 한참을 기다려야 한다고 했다. 너무 오래 기다릴 바에야 떡볶이 뷔페에 가는 게 좋을 것 같아서 20분을 걸어 사거리로 이동했다. 그런데 그 식당은 브레이크 타임이 있어 문을 잠그고 정리 중이었다. 늦게 온 친구는 진즉에 자기 말을 들었다면 여기서 편하게 먹을 수 있지 않았냐며 투덜거렸다. 다른 친구와 나는 기분이 상했지만 당장 배가 고팠기 때문에 별말 없이 다시 학교 앞 분식집으로 갔다. 마침 떡볶이가 다 돼서 떡볶이, 순대, 튀김을 시켜 먹었다. 금방 한 떡볶이라 맛있는 건지 고생한 뒤에 먹어서 맛있는 건지 알 수 없었다.

애초에 친구가 약속 시간만 제대로 지켰다면, 원래 가기로 했던 곳에 바로 갔다면 이런 힘든 일을 겪지 않았을 것이다. 미안하다는 말 한마디 없이 맛있게 떡볶이를 먹는 친구가 얄미웠다.

내가 쓴 글이기 때문에 나는 글 뒤에 숨은 의미를 잘 알고 있다. 하지만 글을 읽는 독자는 글만 보고 상황을 파악할 수밖에 없다. 오로지 글자로만 소통한다는 사실을 염두에 두자. 최대한 친절하게 쓰자. 글을 읽고 미심쩍거나 의구심이 들지 않게 정확하게 보여주는 연습을 하자.

글 하나에 여러 가지 이야기를 많이 넣다 보면 핵심이 흐려진다. 전달하고자 하는 메시지를 선명하게 드러내는 글쓰기를 하기 위해서는 가지치기를 해야 한다. 이것저것 다 나열해서 시선을 분산시키지 말고 중심이 돋보이는 글을 써보자. 간혹 이 글에 다 넣지 못하면 안 된다는 생각으로 꾸역꾸역 모든 걸 다 쏟아내는 학생들이 있다. 작은 종이 가방에 무리해서 내용물을 많이 넣다 보면 종이 가방이 찢어져버린다. 과유불급은 글쓰기에도 해당한다. 덜어내는 글쓰기를 위한 질문을 해보자.

· 질문 1: 글 한 편에 키워드가 몇 개인가요?
· 질문 2: 이 문장이 꼭 필요한가요?
· 질문 3: 제목과 글이 어울리나요?

핵심이 불분명한 글의 예시

메타버스와 부캐

요즘 메타버스에 관한 관심이 커지고 있다. 가상 공간에서 각자의 아바타가 활동하는 세상은 영화에서만 가능할 거라 생각했다. 메타버스 세상에서는 각자가 새로운 부캐를 만들어 활동할 수 있어 좋다. 내가 몇 살인지 성별이 뭔지 어느 학교를 다니고 있는지는 중요하지 않다. 되고 싶은 사람이 되어 생활할 수 있다. 코로나19로 인해 사회적 거리 두기를 하는 상황에서 직접 만나는 것이 아니라 온라인에서의 만남이 더 편리하다. 서로 대등한 관계가 되어 다양한 사람들과 친구가 될 수 있다. 연예인들이 방송에서 부캐를 만들어 활동하는 모습이 학생들에게 환상을 심어주고 있다. 어린 친구들은 캐릭터에 빠져 자기 자신을 잃게 될 수도 있을 것이다. 애당초 부캐라는 것이 허황된 공상에 지나지 않는다고 생각한다. 진짜 나는 남아 있지 않고 부캐들만 떠다니는 세상이 될까 봐 걱정된다.

위의 예시문은 정확히 주제가 무엇인지 한눈에 확인하기가 어렵다. 메타버스의 긍정적인 부분을 말하려는 건지, 부캐 만들기에 관한 부정적인 의견을 말하려는 건지 정확하지 않다. 물론 두 가지 이야기를 연결해서 쓸 수도 있다. 그러려면 중간에 다리 역할을 해주는 문장이 필요하다. 요즘 이슈가 되고 있는 메타버스에 관해 언급하고, 그 안에서 사용되는 캐릭터를 설명한 다음 그에 대한 의견을 정확히 밝히는 방식으로 수정하면 좋겠다. 글의 주제와 어울리는 적절한 제목도 다시 고민해보자.

핵심을 선명하게 수정한 글의 예시

메타버스에서 친구 만들기

요즘 메타버스에 많은 사람들이 관심을 가지고 있다. 가상의 세계에서 내가 만든 캐릭터로 활동할 수 있는 점이 가장 큰 장점이다. 연예인들이 부캐를 만들어 활동하는 것과 마찬가지로 온라인상에서 원하는 대로 나를 만들 수 있다. 내가 몇 살인지, 성별은 뭔지, 어느 학교에 다니고 있는지는 중요하지 않다. 보여주고 싶은 부분만 공개하면 된다. 서로 대등한 관계가 되어 다양한 사람들과 친구가 될 수 있다. 현실 세계에서는 만나기 힘들었던 친구들과도 어울릴 수 있어 좋다.

수정된 글에서는 가상 공간에서 관계 맺는 일의 장점과 단점을 나열하지 않고 장점을 강조했다. 말하고자 하는 내용을 한 편에 다 담으려고 하지 말고, 다른 한 편을 더 쓰겠다는 생각을 하자. 글에는 어울리지 않지만, 잘 쓴 문장이라고 생각되어 지우기 아쉬운 경우에도 마찬가지다. 잘 보관해두었다가 다른 글에 쓰면 된다. 이번이 아니면 안 된다는 생각을 버려야 핵심을 선명하게 하는 글을 쓸 수 있다. 글쓴이의 생각이 모호하게 쓰인 곳이 없는지도 살펴보자. 이 점은 171쪽에서 다루는 '논증적 글쓰기'에도 해당한다. 주제를 명확하게 보이게 하려면 내가 글을 쓰는 이유를 잊으면 안 된다. 글이 완성되는 순간까지 주제를 머릿속에 담아두자.

사례 3:
남과 다른 글을
쓰고 싶어요

'봄'이라는 글감이 제시됐을 때 어떤 글이 많이 나올까? 연령대에 상관없이 가장 많이 쓰는 소재가 '벚꽃 놀이'에 관한 이야기다. 물론 남들이 다 쓰는 글이라고 해서 꼭 피해야 하는 건 아니다. 이왕이면 누구나 쓸 수 있는 글보다는 나만 쓸 수 있는 글을 찾아보는 게 좋다. 글쓰기 수업 시간에 글을 낭독해보면 다 똑같은 얘기만 써서 재미없다고 말하기도 한다. 다음은 '봄'을 글감으로 한 작문의 사례들이다.

벚꽃 놀이

친구들과 여의도로 벚꽃 구경을 갔다. 사람들이 너무 많아 멈춰서 사진을 찍기도 어려웠다. 지하철역에서 위로 올라가는 데도 한참 걸렸는데 윤중로 입구부터는 줄을 서서 차례로 걸어가면서 벚꽃을 봤다. 꽃보다는 사람들의 뒤통수를 더 많이 본 것 같다. 그래도 날씨도 따뜻하고 친구들과 간식도 사 먹으면서 즐거운 시간을 보냈다.

벚꽃 여행

가족들과 진해로 벚꽃 구경을 갔다. 차를 타고 내려갈 때부터 길이 막혔고, 진해로 들어가는 길목에서는 거의 주차장처럼 조금도 움직일 수 없었다. 겨우 주차를 하고 꽃구경을 하는데 사람들이 너무 많았다. 이리 치이고 저리 치이면서 꽃길을 걷고 사진을 찍었다. 왔다 갔다 힘든 길이었지만 재미있었다.

벚나무

친구들이랑 서울대공원에 가서 벚나무를 봤다. 나무가 정말 컸다. 바람이 불 때마다 벚꽃이 날려 떨어지는 모습이 아름다웠다. 나무 아래에서 사람들이 돗자리를 깔고 앉아 밥을 먹고 있어서 사진을 자유롭게 찍지 못해 아쉬웠다. 사람들이 많아서 천천히 여유롭게 보지 못했지만 꽃구경을 하니 진짜 봄이 된 것 같고, 봄을 느낄 수 있어 좋았다.

예상대로 하나같이 벚꽃 이야기다. 개인의 특별한 경험이 아닌 공통의 경험이 녹아 있는 글일 경우에 이처럼 남다른 글감과 주제를 담기가 어렵다. 그나마 이 예시들에는 특별한 에피소드가 담겨 있지만, '따뜻했다, 꽃이 예뻤다, 즐거웠다' 등 예측 가능한 이야기로 흘러간다면 천편일률적인 글이 된다. 그런 뻔한 글이 아닌 나만 쓸 수 있는 글을 쓰고 싶을 때는 어떻게 해야 할까?

질문 솔루션 1: 생각의 전환을 부르는 질문

생각에 스위치가 있는 게 아니니 다른 생각을 해야겠다 결심한다고 바로 새로운 생각이 떠오르지는 않는다. 그럴 때는 생각을 더 오래하는 것도 방법이다. 여기까지가 최선이라고 생각했을 때 한 번 더 생각하면 새로운 아이디어가 떠오를 수 있다. 이를 위해 글쓰기 수업에서 브레인스토밍 시간을 충분히 준다.

관계 연상법을 활용해 전혀 새로운 글감을 찾을 수도 있다. 관계 연상법은 어떤 단어를 보고 연상되는 단어를 생각하는 방법인데, 여기서 핵심은 '인과관계'에 있다. 다음 그림에서 보듯이 '봄에 꽃이 핀다', '봄이 와서 개구리가 깨어난다' 등 연결이 명확한 단어를 연상한다. 생각하기를 귀찮아하는 순간 뻔한 글을 쓸 수밖에 없다. 이런 연상법이 어려운 학생에게는 질문을 던져서 생각할 수 있도록 돕는다.

질문으로 완성하는 청소년 글쓰기

　예를 들어 '봄'에 대한 1단계 관계 연상법에서 '꽃, 개학, 개구리, 소풍'을 떠올렸다고 하자. 관계 연상법은 직전 키워드와의 연결 고리를 끊지 않고 이어서 생각해야 한다. 그래야 주제에서 크게 벗어나지 않는 글을 쓸 수 있다. 학생이 찾은 네 가지 키워드 중에 '개구리'를 선택해서 관계 연상법을 이어가보자. 경칩惊蟄 때문에 개구리를 연상했다면, 이제 봄과 개구리를 함께 묶어 키워드를 떠올리면 된다. 얼었던 땅이 녹고 개구리가 잠에서 깨어날 시기에 내리는 비를 떠올릴 수도 있다. 그렇다면 이번에는 봄과 개구리, 비를 함께 놓고 봤을 때 떠오르는 키워드를 찾아보자. 뒤로 갈수록 관련 키워드를 찾기 어려워한다. 포기하지 않도록 생각을 도와주는 질문이 필요하다. 감정이나 추억, 신체의 오감을 통해 느낄 수 있는 감각을 떠올리게 한다.

- 질문 1: 봄비 내리는 날 개구리 소리를 들었던 경험이 있나요?
- 질문 2: 그때 어디서 무엇을 하고 있었나요?
- 질문 3: 그때의 기분이 어땠는지 떠올려볼까요?

　예상하지 못한 단어가 나와도 놀라지 말자. 그 단어가 떠올랐다면 반드시 이유가 있다. 그 이유를 잘 끄집어낼 수 있게 도와줘야 한다. 관계 연상법은 생각을 더 깊게 할 수 있게 한다. 연상하는 과정에서 이야기의 개요를 정리할 수도 있다. 1단계에서 어떤 키워드를 생각하느냐에 따라 전혀 다른 글이 나올 수 있다. 꽃, 소풍, 개학도 같은 식으로 진행해 '봄'이라는 주제로 네 편의 글을 써보게 해도 좋다. 억지로 생각을 끌어내기보다는 미처 생각하지 못한 부분을 일깨워주는 질문을 해주는 게 관건이다. 학생이 혼자 해보고 있다면 포기하지 말고 여러 질문을 스스로에게 던져 생각의 고리를 이어가보자.

질문 솔루션 2:
개성 있는 글을
쓰기 위한 질문

호기심이 많은 학생들은 한시도 가만히 있지 못하고 새로운 것을 탐구한다. 하지만 정반대의 학생들이 대다수다. 늘 계획표대로 이어가는 생활 속에서 호기심을 느낄 시간조차 없을지도 모른다. 그런 학생들에게 무조건 경험을 많이 하라고 말하는 것은 어떤 면에서는 무책임하게 느껴진다. 천성이 내향적인 사람도 있기 때문에 강요해서는 안 된다. 다만, 늘 하던 일에서 조금 다르게 변화시키기는 시도해볼 수 있다. 새로운 경험은 뇌를 자극한다. 그동안 하던 생각에서 벗어나 다른 생각을 하게 돕는다. 늘 지나다니던 길이 아닌 새로운 길로 돌아가는 것도 하나의 방법이다. 새로운 세상을 보고, 듣고, 느끼면서 생각을 전환하게 된다. 글을 개성 있게 쓸 생각을 하기 이전에 글을 쓰는 사람의 생각을 먼저 정비해야 한다. 새로운 환경에서 어떤 생각을 하고 있는지 포착하고 그 경험을 글에 적용해야 한다. 이전과의 차이점, 새로 알게 된 점을 놓치지 않고 기록해두면 글을 쓸 때 유용하게 활용할 수 있다.

임경섭 작가의 『미어캣의 스카프』(고래이야기, 2013)라는 그림책을 읽고 서평 쓰기를 했던 청소년들 사례가 '개성 있는 글을 쓰기 위한 질문 솔루션'에 해당한다. 책의 줄거리는 다른 곳에서 온 미어캣이 원래 마을에 살고 있던 미어캣들에게 먹이를 가져오면 스카프를 주겠다고 말하면서 마을이 점점 황폐해진다는 이야기다. 결국 많은 미어캣이 떠나고 마을에 남은 미어캣들이 스카프의 실을 풀어 각자 원하는 것을 만들면서 마무리된다. 이 책에서 학생들이 가장 많이 꼽은 키워드는 '유행'이다. 너나없이 같은 색 스카프를 두르고 있는 미어캣의 모습이 까만색 긴 패딩을 유니폼처럼 맞춰 입었던 자신과 겹쳐 보인다고 한다. 다음은 한 학생의 첫 작문이다.

> 이 책을 읽고 유행을 따르는 것이 나쁜 것은 아니지만 지나치게 모두가 유행을 따른다면 문제가 생기고, 그렇기 때문에 우리가 유행을 지나치게 따르는 것이 자신뿐만 아니라 우리 사회 전반적으로도 문제를 일으킬 수 있다고 생각했다. 그러니 우리는 그동안의 행동을 되돌아보고 유행을 지나치게 신경 쓰고 따르고 있었다면 이제부터라도 조금씩 멈춰보는 것이 필요할 것이다.

남과 다른 글을 쓰고 싶다면 남들보다 생각을 한 번 더 하면 된다. 모두가 생각할 수 있는 곳에서 멈추지 말고, 더 깊이 들어가보자. '유행' 키워드를 찾았다면 거기서부터 시작하면 된다. 위 글에 질문이 더해졌을 때 글이 어떻게 달라지는지 비교해보자. 질문별로 글의 방향이 갈린다는 사실을 확인해볼 수 있다.

질문 1: 왜 미어캣들이 유행을 따르려고 할까요?

스카프를 얻기 위해 사냥을 하는 미어캣들을 보니 남들보다 우월하다는 것을 인정받기 위해 노력하는 모습이 안쓰러웠다. 유행에 뒤처지면 다른 사람들에게 무시받을 수도 있고, 사회에서 도태될 수 있기 때문에 안간힘을 썼던 게 아닐까?

질문 2: 모두가 유행을 따른다면 어떻게 될까요?

모두가 유행에 휩쓸린다면 개성 없는 사회가 될 것이다. 같은 목표를 가지고 사는 사람들의 생각도 획일화될 것 같다. 창의성보다는 튀지 않게 생활하는 걸 더 선호하면서 지루한 사회가 될 수도 있다. 모두 한 방향만 바라보는 건 위험하다고 생각한다.

질문 3: 유행을 따르고 남들에게 인정받으면 어떤 점이 좋은가요?

새로운 스카프를 계속 원하는 미어캣들을 보며 우리 사회에서 많은 사람들이 높은 지위를 얻기 원한다는 것을 알 수 있다. 인정받기 위해 노력하고 자신이 어떤 사람인지 모두에게 내세우고 싶어 한다. 권력을 가지게 되면 할 수 있는 일들이 더 많아지기 때문에 모두 높은 곳에 올라가서 남들이 우러러보기를 바라는 것 같다.

이 책은 돈과 지위와 권력을 가진 사람만이 행복할 수 있다는 생각이 얼마나 위험한지를 보여준다. 아무리 권력을 가지면 뭐 하나. 인간의 욕심이 결국 생태계를 파괴하고 공동체를 와해시키는 원인이 된다. 삶에서 우선순위가 무엇인지를 잘 생각해야 한다. 모두의 행복을 위해 각자의 욕심은 조금 내려놓는 게 어떨까.

질문을 통해 생각을 조금씩 확장해나간다. 이런 방식으로 질문을 계속하다 보면 내가 미처 생각하지 못했던 지점에 가닿을 수 있다. 질문이 없기 때문에 생각을 멈추는 경우가 많다. 스스로 질문하기를 어려워하는 학생들에게 처음에는 질문의 방법을 알려주는 게 좋다. 다양한 방향으로 생각할 수 있는 길을 열어주는 것이다. 질문 하나하나를 통과하면서 생각이 정리된 후 완성된 독후감을 보자.

질문을 확장해가며 남다른 서평을 쓴 예:『미어캣의 스카프』를 읽고

행복이란 무엇일까? 인간은 다른 사람들과 함께 있을 때 행복을 느낀다. 공동체 속에서 편안함을 느끼기 때문에 내가 그 공동체의 일원임을 확인하고 싶어 한다. 유행에 따르는 건 공동의 관심사를 내가 잘 알고 있다는 것을 보여주는 방법이다. 인간의 욕심은 끝이 없어서 더 빨리 유행을 따르면서 다른 사람들보다 우월함을 느끼려고 하기도 한다. 남보다 먼저, 더 빨리, 잘하는 것을 뽐내고 싶어 한다.

보여주기식으로 생활하면서 얻게 되는 건 무엇일까? 다른 사람을 의식하며 사는 데 익숙해지면 타인의 시선 없이는 못 살게 될까 봐 걱정되기도 한다. 스카프를 얻기 위해 마을을 황폐하게 만드는 미어캣들을 보면서 진정한 행복에 대해 생각하게 됐다. 유행은 잠깐이지만 우리가 살아가는 생태계가 무너지면 회복하는 데는 오랜 시간이 걸린다. 개인의 욕망 때문에 모두가 행복하게 살 수 있는 터전을 잃는 바보 같은 행동은 하지 않았으면 좋겠다.

**질문 솔루션 3 :
관점을 바꾸기
위한 질문**

앞에서 살펴봤던 대로 남과 다른 글을 쓰기 위해서는 끊임없이 스스로에게 질문해야 한다. 더 깊은 곳에 있는 생각을 끌어내기 위한 방법이다. 이번에는 관점을 바꾸는 질문을 알아보자. 학생들이 글을 쓸 때는 보통 자기 관점으로 쓰기 때문에 내 입장에서 서술하게 된다. 내 글에 내 생각이 들어가는 게 잘못된 건 아니다. 다만 다른 사람들과 차별화된 글을 쓸 때 이 관점 바꾸기가 도움이 되기도 한다. 관점을 바꾼다는 것은 생각의 태도와 입장을 바꾼다는 뜻이기도 하다. 예를 들어 내가 경험한 일을 타인의 시점으로 서술하거나, 상대의 입장이 되어 쓸 수도 있다. 여기서 '상대'는 사람이 될 수도 있고, 사물이 될 수도 있다. 관점 하나만 바꿔도 생각이 전환되면서 전혀 새로운 글을 쓸 수 있게 된다.

반려견과의 관계를 다룬 글의 예시

배돌이와의 산책

배돌이는 우리 집에서 키우는 강아지 이름이다. 배가 돌처럼 딱딱해서 배돌이라고 이름 붙였다. 배돌이는 집에서는 좀처럼 화장실을 가지 못한다. 매일 아침저녁으로 산책을 해야 한다. 비가 오는 날에도, 눈이 오는 날에도 어쩔 수 없이 나가야 한다. 늦잠을 자고 싶은 주말에도 나가자고 낑낑거리는 바람에 일찍 일어난다. 배돌이는 산책하면서 만나는 개들하고 인사하느라 정신이 없다. 워낙 사교성이 좋아 온 동네 개들한테 아는 척을 한다. 한번 나가면 한 시간 반 이상은 돌아야 모든 용무를 마치고 집에 올 수 있다. 산책을 짧게 하거나, 마음껏 놀지 못하고 집에 돌아오면 실내화를 물어뜯으면서 화풀이를 한다. 어쩔 수 없이 다시 나갈 채비를 한다.

위의 글을 읽은 뒤 다음에 이어지는 예시를 연이어 읽어보자. 질문을 던졌을 때 이야기가 어떻게 달라지는지 알 수 있다.

질문 1: 산책이 나에게 좋은 점은 무엇인가요?

배돌이와의 산책이 낳은 변화

배돌이는 집에서 키우는 강아지 이름이다. 배가 돌처럼 딱딱해서 배돌이라고 이름 붙였다. 배돌이가 우리 집에 온 뒤로 식구들은 본의 아니게 부지런해졌다. 배돌이가 집에서 화장실을 못 가는 바람에 하루에 두 번 이상은 꼭 산책을 나가야 한다. 배돌이가 오기 전에는 하루에 5,000보도 채 안 걸었는데, 이제는 늘 1만 보를 훌쩍 넘긴다. 사교성 좋은 배돌이는 산책 중 만나는 강아지 친구들과 꼭 인사를 한다. 덕분에 나도 동네 사람들과 인사 나누며 지내게 됐다. 가끔은 온 식구가 같이 나와 걸으며 도란도란 이야기도 나눈다. 배돌이가 없었다면 보기 힘들었을 풍경이다.

처음 글에서는 강아지 산책을 시켜주면서 힘들고 불편했던 점들을 풀어놓았다면, 여기서는 질문 1에 응하여 글을 완성하자, 산책이 나에게 주는 좋은 점을 썼다. 다른 관점에서 보면 내가 놓쳤던 부분들을 발견할 수 있다. 장점이나 단점 하나만 있는 경우는 없다. 내가 보고 싶은 부분만 보기 때문에 좋은 일, 나쁜 일로 구분하는 것뿐이다. 다양한 관점으로 접근해서 면밀히 들여다보는 연습을 하자.

너무 짧은 산책

집에서는 화장실을 이용할 수가 없다. 밖에서 떠돌이 생활을 했던 경험 때문인지 여전히 밖에서만 볼일을 볼 수 있다. 아침부터 화장실에 너무 가고 싶었지만 가족들이 깰 때까지 기다린다. 참을 수 없을 때가 되면 어쩔 수 없이 깨운다. 산책을 나가면 동네 친구들을 만날 수 있다. 더 오래 놀고 싶은데 산책 시간이 짧아 마음껏 어울릴 수가 없어 아쉽다. 막 달려가고 싶은데 목줄을 잡고 있는 가족의 걸음이 느려서 천천히 걸어야 하는 것도 아쉽다. 그래도 매일 잊지 않고 산책을 시켜줘서 고맙다.

관점뿐 아니라 화자를 '배돌이'로 바꾸니 색다른 글이 되었다. 이처럼 시점을 바꿔서 글을 쓰면 전혀 새로운 글을 쓸 수 있다. 입장을 바꿔 생각하면 상대를 이해하는 데 도움이 된다. 영국 중학교의 필수 교과목 중 하나는 '연극 교육'이라고 한다. 비록 이야기 속 인물이지만 자기가 아닌 캐릭터를 연기하면서 타인의 인생을 한번 살아보게 된다. 연기 체험만으로도 공감 능력을 기를 수 있고 타인을 이해하는 데에 도움이 된다. 글도 마찬가지다. 상대의 입장에서 써보면서 자기 관점으로만 쓸 때에는 할 수 없었던 생각, 쓸 수 없었던 이야기가 떠오를 것이다.

사례 4:
논증적 글쓰기가
어려워요

글쓰기의 여러 갈래 중 청소년이 가장 어려워하는 글이 논술문이다. 주장과 근거가 논리적으로 연결되어야 하는데, 고심하며 썼더라도 허점을 보이기 일쑤다. 논술문뿐만이 아니라 감상문이나 설명문에서도 논리적 비약이 심하거나 쟁점을 놓친 글을 쓰는 경우가 더러 있다. 논증적 글쓰기는 주장에 대해 옳고 그름을 따져서 명확히 증명하는 글쓰기다. 우선은 자신의 주장이 확실해야 그 주장을 뒷받침하는 의견이나 논거를 찾을 수 있다. 문제의식을 가지고 비판적인 사고를 하는 것이 중요하다. 교육부가 2028학년도 대학수능시험부터 논술, 서술형 문제 도입을 검토하고 있기 때문에 앞으로도 논증적 글쓰기는 더욱 중요해질 전망이다. 논리적 사고의 흐름을 확인하는 질문으로 논증이 탄탄한 글쓰기를 연습하자.

질문 솔루션 1:
주장이 명확한지
확인하는 질문

지구가 보내는 환경오염 신호

환경오염 문제가 심각해지고 있다. 배달 음식을 많이 시켜 먹으면서 플라스틱 쓰레기가 넘쳐나고, 무분별하게 버려지는 쓰레기로 인해 동물들이 위험에 처하게 된다. 바다거북의 코에 플라스틱 빨대가 꽂혀 있던 사건은 이미 많이 알려졌다. 생선의 배를 갈랐더니 500밀리리터 페트병 하나가 들어가 있었던 사건도 있다. 우리가 버린 쓰레기가 우리의 식탁을 위협하고 있는 것이다. 우리도 모르는 새에 많은 미세 플라스틱을 먹게 된다. 지구는 환경오염이 심각하다고 신호를 보내고 있는데 인간은 계속 외면하고 있다. 환경오염을 막는 데에는 다양한 방법이 있다. 모두가 노력해서 깨끗한 지구를 만들었으면 좋겠다.

얼핏 보기에는 환경오염의 심각성을 잘 표현한 글로 보인다. 하지만 유심히 들여다보면 정확히 어떤 말을 하고 싶은지 의도가 불분명하다. 현상만을 늘어놓고 자신의 주장은 빠져 있기 때문이다. 논술문에서 가장 많이 하는 실수는 이처럼 자료만 제시하고 그것이 자신의 생각이라고 착각하는 것이다. 글을 마무리하기 전에 다음 질문을 확인해보자.

- 질문 1: 핵심 문장이 무엇인가요?
- 질문 2: 모호한 표현은 없나요?
- 질문 3: 불필요한 문장은 없나요?

논증적 글쓰기에서 '핵심 문장'은 글쓴이의 주장이 정확하게 드러난 문장을 꼽을 수 있다. 앞의 예시에서 주장하는 문장을 찾을 수 있는가? 환경오염의 심각성을 나열하다가 주장은 마지막 줄에 "~좋겠다"로 희미하게 표현했다. 이 문장을 선명하게 하기 위해서는 어떻게 해야 할까?

나의 입장을 정확하게 밝히는 연습을 하자. 논술문에서 겸양의 표현이나 거리 두기식 문장은 오히려 글의 본질을 훼손한다. 누가 봐도 글쓴이가 어떤 주장을 펼치는지 알 수 있는 문장을 써보자. 광범위한 '환경오염' 주제 속에서 내가 관심 두고 있는 주제가 무엇인지도 밝혀줘야 한다. 앞 예시 글은 환경오염의 원인 중 플라스틱 쓰레기에 집중해서 해결 방법을 찾는 글로 구성할 수 있다.

모호한 표현이 없는지도 점검해야 한다. "배달 음식을 많이", "다양한 방법", "모두가 노력해서", "무분별하게 버려지는" 등 하나같이 정확한 표현이 아니다. '많이'라면 도대체 얼마큼인가? 정확한 수치를 쓰기 어렵다면 적어도 가늠할 수 있는 확실한 단서는 있어야 한다. 배달 음식을 많이 먹을 수밖에 없는 사회적 현상이 있다면 급속히 증가한 원인을 제시해주는 것도 좋다. "다양한 방법" 또한 논증적 글쓰기에서 피해야 하는 표현법이다. 그 '다양한'이 어떤 방법인지가 중요한 역할을 한다. 그 방법을 풀어 쓰고, 왜 그 방법이 필요한지를 논증하는 것이 이 글의 존재 이유다. 마찬가지로 "모두가 노력"해야 한다면 '어떤' 노력을 해야 하는지 구체적으로 제시하고, "무분별하게 버려지는" 쓰레기는 어떤 종류이며, 어디에 어떤 방법으로 버려지고 있는지도 알려줘야 한다. 논증적 글쓰기를 할 때는 단어를 예리하게 보는 시선이 필요하다.

　문장 하나하나를 정확하게 사용해야 한다는 점도 논증적 글쓰기에서 중요하다. 내용 면에서 지나치게 비약하고 있지는 않은지, 다른 사람도 나와 생각이 같다고 짐작하고 글에서 생략한 부분은 없는지를 살펴보자. 불필요한 문장은 과감히 삭제해야 한다. 문장 자체의 의미는 좋지만, 글의 맥락상 필요 없는 문장이라면 글의 논점을 흐리게 된다. 논증적 글쓰기에서는 독자를 중심에 두고 글을 쓰는 것이 안전하다. 내 글을 읽는 사람을 배려해서 친절하게 써야 한다. 단 문체가 아니라 내용이 친절해야 한다는 점을 특별히 기억하자.

앞의 질문을 고려해서 글을 수정하면 다음과 같이 쓸 수 있다.

바다 오염의 주범 플라스틱 사용을 줄이는 법

코로나19 팬데믹 이후 플라스틱 폐기물 문제가 심각해지고 있다. 사회적 거리 두기로 인해 배달 음식을 시켜 먹는 인구가 증가하면서 음식을 포장하는 플라스틱 쓰레기 배출량이 폭발적으로 늘었다. 환경부 발표에 따르면 일일 평균 플라스틱 폐기물 배출량은 848톤으로 전년 대비 15.6퍼센트 증가했다고 한다. 쓰레기 배출 자체도 문제지만 제대로 처리되지 않는 게 더 심각하다. 특히 바다로 흘러 들어간 플라스틱 폐기물은 바다 생물을 위협한다.

바다거북의 코에 플라스틱 빨대가 꽂혀 있는 사진을 본 적이 있을 것이다. 집에서 요리하기 위해 생선의 배를 갈랐더니 500밀리리터 페트병이 나온 사건도 있다. 바다 생물들은 영문도 모른 채 바닷속에서 서서히 죽어가는 것이다. 인간에게 이제 그만하라고 보내는 신호를 외면하면 안 된다.

더 큰 피해를 막기 위해 플라스틱 사용량을 줄여야 한다. 일회용컵 대신 텀블러를 사용하고, 음식을 포장할 때도 용기를 가져가서 직접 받아오는 방법도 있다. 요즘 늘어나고 있는 제로웨이스트 숍을 이용해서 포장을 최대한 줄이면 그만큼 배출되는 쓰레기도 줄어든다. 한 사람의 노력으로는 성공하기 어렵다. 각자의 상황에서 지킬 수 있는 방법을 찾아 바꿔간다면 더 이상의 피해를 막을 수 있을 것이다.

**질문 솔루션 2:
인과관계의 오류를
찾아내는 질문**

논증적 글쓰기에서 주장에 적합한 논거를 찾는 것도 중요하지만, 설명에 왜곡된 내용이 없는지도 유심히 살펴야 한다. 논증적 글이 아닌 현상이나 사실을 나열하는 글이라 해도 인과관계가 정확히 연결되었는지 확인이 필요하다.

- 질문 1: 문장과 문장이 긴밀하게 연결되어 있나요?
- 질문 2: 원인과 결과가 명확한가요?

반려동물을 유기하는 이유와 방지법

유기견에 대한 문제가 불거지고 있다. 귀여운 강아지를 분양받아 키우다가 성견이 되면 키우기 힘들다는 이유로 유기한디. 지신이 끝까지 책임지지 못할 생명에게 사랑을 주는 것을 경계해야 한다. 이사 가는 집에서 개를 키울 수 없다는 이유, 함께 사는 가족에게 알레르기가 있다는 이유, 개가 아파서 병원비가 많이 든다는 이유 등 인간의 입장에서 합리화하려고 하지만 모두 무책임한 변명에 불과하다. 반려동물을 가족이라고 생각한 것이 아니라 소유물로 여겼기 때문에 사고 버리는 걸 쉽게 생각하는 건 아닐까? 이런 사람들에게는 다시는 강아지를 키울 수 없게 하는 법이 마련되길 바란다.

반려동물을 유기하는 것에 대해 이야기하고 있다. 내 글에 힘이 실리려면 문장에 왜곡이 없어야 한다. 탄탄한 구조를 가지고 있고, 주장이 명확하다 하더라도 인과가 정확하지 않은 문장이 있다면 글 전체의 신뢰도가 떨어진다. 앞의 질문 1, 2를 예로 들어 예시문을 살펴보자.

먼저 첫 문장에서 유기견 문제가 불거지고 있음을 언급한다. 두 번째 문장에는 왜 유기하는지 이유가 나오는데 두 문장의 연결은 자연스럽지만 두 번째 문장 자체에는 오류가 있다. 귀여운 강아지를 분양받아 성견이 되면 왜 키우기 힘들어지는지 의문이 생긴다. 모두가 공감할 수 있는 자명한 사실도 아니다. 앞에 "귀여운"이 붙어 강아지는 귀엽지만 성견은 귀엽지 않다는 뜻인가 하는 의문이 들기도 한다. 처음에는 귀여운 것만 보고 분양받아 키우지만, 성견이 되면서 점점 더 손이 많이 가는 부분을 언급하면 근거가 탄탄해진다. 강아지가 나이가 들어감에 따라 병원에 가야 하는 일도 생기고, 덩치가 커지면서 행동반경도 넓어져 감당하기 어려워질 수도 있다. 이런 사실들이 문장 안에서 자연스럽게 연결되고 있는지 확인해야 한다.

그다음에 이어지는 반려동물을 유기하는 이유를 나열한 내용에도 논리적 비약이 있다. 글쓴이에게는 이 모든 이유가 '무책임한 변명'에 불과할 수도 있지만, 피치 못할 사정으로 키우지 못하게 되는 사람도 있다. 성급하게 모든 상황을 일반화해서 한 방향으로 몰아가는 것이 아니라, 그런 상황에서 '유기'를 선택하는 사람들에 초점을 맞추면 좋다. 만약 그 어떤 사정이든 반려동물을 포기하는 행태는 잘못되었다고 주장하고자 한다면, 이 주장을 위한 인과관계를 명확하게 제시해야 한다. 가령, 처음부터 자신의 상황을 고려하지 않고 무책임하게 입양을 한 상황에 방점을 찍는 편이 좋다. 논리를 소홀히 하고 감정에 호소하는 글이 되지 않도록 하기 위해서는 앞의 두 가지 질문을 확인해보자. 문장과 문장의 연결을 긴밀히 하고, 인과관계를 명확히 해서 글을 수정한 예는 아래와 같다.

반려동물을 유기하는 이유와 방지법

유기견에 대한 문제가 불거지고 있다. 체구가 작은 새끼 강아지를 분양받아 키우다가 덩치가 커지면서 관리가 힘들다는 이유로 유기하는 사람들이 있다. 자신이 키우지 못하는 피치 못할 사정이 생기는 경우도 있다. 갑자기 경제적인 사정이 어려워지거나, 몸이 아프거나, 함께 갈 수 없는 먼 곳으로 이주를 할 수도 있다. 그렇지만 이런 경우에도 다른 방법을 찾지 않고 유기하는 것은 무책임한 일이다. 반려동물을 집에 들이는 일은 신중히 해야 한다. 사전에 내가 키울 경제적 여건은 되는지, 함께 사는 가족 중 알레르기가 있는 사람은 없는지 등을 확인해야 한다. 반려동물을 가족으로 생각한다면 이사 갈 때도 함께 갈 수 있는 곳으로 알아볼 수 있다. 어쩔 수 없었다는 변명은 통하지 않는다. 생명을 유기하는 행위를 막기 위해 강력한 법안이 만들어지기를 바란다.

☑ 05

사례 5:
글을 어떻게
끝내야 할까요?

마무리를 어떻게 해야 하는지 고민하는 학생도 있다. 어디쯤에서 끝내야 하는지, 마지막 문장은 어떻게 써야 하는지 난감해하기도 한다. 글에서 첫 문장이 중요하다고 말하는 사람도 있지만, 사실 첫 문장보다 더 중요한 건 마지막 문장이다. 아무리 처음에 자신의 의견을 잘 썼다 하더라도 마지막에 흐지부지 끝내게 되면 그 글은 아쉬운 글로 남는다. 마지막 문장이라고 해서 꼭 마지막에 쓸 필요는 없다. 초고를 쓸 때 생각을 쏟아내어 쓴 다음에 어떤 문장으로 끝내야 내가 말하고자 하는 바를 정리하며 문을 닫고 나올 수 있을지 고민해봐야 한다. 제대로 문을 닫아야 읽는 사람도 글이 끝났다는 걸 알 수 있다. '다음 이 시간에 계속…' 처럼 여운이 남게 끝내게 되면, 독자가 그 글에 궁금증을 가지게 된다. 열린 결말의 소설을 쓰는 게 아니라면 글을 정확히 '끝'내야 한다. 그러기 위해서 주제 의식이 분명히 드러나는지 확인하고, 문제점, 앞으로 나아갈 방향, 내가 하고 있는 생각, 질문 등으로 마지막 문장을 구성해도 좋다. 단, 중요한 점은 반드시 앞의 내용과 연결되어야 한다는 사실이다. 다시 새로운 이야기가 시작될 것처럼 방향이 전환되는 문장은 독자를 혼란스럽게 한다. 마지막 문장은 글의 큰 마침표다.

마지막 문장에 힘이 부족한 글의 예

코로나19로 인해 달라진 생활

코로나19로 많은 것이 변했다. 항상 학교에서 만나던 친구들과도 못 만나고 수업도 집에서 온라인으로 들으니 공부를 하는 것 같지도 않아 매일 컴퓨터 앞에 앉아서 가상 인물들과 만나고 있는 것 같다. 학원에 도 못 가고, PC방에도 못 가고 외출이 자유롭지 않다. 밖에 나갈 때도 늘 마스크를 써야 하니 답답하다. 공원의 축구장도 막아놔서 친구들을 만나도 할 게 없다.

아빠는 재택근무를 하시고, 동생도 학교에 가지 않아 집 안에 늘 가족들이 모두 있다. 이런 적이 없어서 낯설다. 엄마는 매일 부엌에서 시간을 보내신다. 계속 밥을 해야 하는 것 때문에 스트레스를 많이 받으시는 것 같다. 배달 음식을 시켜 먹으면 되는데 그건 싫으신지 아침, 점심, 저녁 모두 직접 해주신다. 집에 모두 있지만 각자 방에 들어가서 나오지 않는다. 낮에는 모두 컴퓨터나 휴대전화를 들여다보고 있다.

요양 병원에 계신 할머니를 만나러 가지 못한 지도 두 달이 넘었다. 병원에서 외부 방문객을 받지 않는다고 한다. 명절에도 모두 모이지 못하고 전화 통화만 했다. 휴대전화에는 매일 안전 안내 문자가 오는데 너무 자주 와서 알림을 꺼버렸다.

위의 글은 '코로나19로 인해 달라진 생활'이라는 주제로 쓴 글이다. 달라진 생활을 나열하고 있다. 학교생활, 가족들과의 생활 등을 썼다. 이대로 끝난 글에서 무엇을 더 보충해주면 좋을까. 마지막 문장에 힘을 주기 위해 어떤 질문을 하면 좋을지 알아보자.

질문 솔루션 1: 마침표를 찍기 전에 고려해야 하는 질문

대화할 때에는 끝맺음을 정확하게 하지 않더라도 분위기, 표정, 손동작 등으로 의미를 유추할 수 있다. 글은 정확하게 마무리하지 않으면 미완성으로 보인다. 짧은 글이라도 완결성이 있는 글이 있는가 하면, 긴 글인데도 끝맺음이 부족하게 느껴지는 글이 있다. 퇴고의 순간에 글의 주제가 잘 드러났는지를 점검해야 한다. 글을 점검

할 때 스스로에게 할 수 있는 질문을 알아보자.

- 질문 1: 글의 주제가 확실하게 드러나도록 마무리했나요?
- 질문 2: 내가 하고 싶은 이야기가 정확하게 표현되었나요?
- 질문 3: 내 글을 읽은 독자가 어떤 생각을 할까요?

앞의 예시 글을 보면 코로나19로 불편해진 생활에 집중했다는 점을 알 수 있다. 상황 설명에만 치중한 나머지 자신의 생각이 누락되어 글쓴이의 의도를 파악하기 어렵다. 머릿속에는 주제가 들어 있지만 표현하지 않은 경우다. 글을 쓰면서 내가 무슨 생각을 하고 있는지 읽는 이들이 알아맞히기를 바라면 안 된다. 독자는 글을 통해서만 필자의 생각을 알 수 있다. 명쾌하게 다 보여줘야 한다.

내 글을 읽은 독자가 어떤 생각을 하게 될지를 상상해보는 것도 도움이 된다. 의도가 정확하게 전달되기를 바란다면 최대한 많은 정보를 줘야 한다.

글쓴이에게 자신의 생각을 추가해 마무리를 수정하라고 요청하니, 다음과 같이 마지막에 한 문단을 추가했다. 이를 위해 첫 문단도 다듬었다.

코로나19로 달라진 생활

코로나19로 많은 것이 변했다. 갑자기 바뀐 일상에 적응을 못 했는데 상황이 장기화되면서 차츰 내 생활의 변화를 돌아보게 됐다. 항상 학교에서 만나던 친구들과도 못 만나고 수업도 집에서 온라인으로 들으니 공부를 하는 것 같지도 않다. 매일 컴퓨터 앞에 앉아서 가상 인물들과 만나고 있는 것 같다. 학원에도 못 가고, PC방에도 못 가고 외출이 자유롭지 않다. 밖에 나갈 때도 늘 마스크를 써야 하니 답답하다. 공원의 축구장도 막아놔서 친구들을 만나도 할 게 없다.

아빠는 재택근무를 하시고, 동생도 학교에 가지 않아 집 안에 늘 가족들이 모두 있다. 이런 적이 없어서 낯설다. 엄마는 매일 부엌에서 시간을 보내신다. 계속 밥을 해야 하는 것 때문에 스트레스를 많이 받으시는 것 같다. 배달 음식을 시켜 먹으면 되는데 그건 싫으신지 아침, 점심, 저녁 모두 직접 해주신다. 집에 모두 있지만 각자 방에 들어가서 나오지 않는다. 낮에는 모두 컴퓨터나 휴대전화를 들여다보고 있다. 요양병원에 계신 할머니도 만나러 가지 못한 지 두 달이 넘었다. 병원에서 외부 방문객을 받지 않는다고 한다. 명절에도 모두 모이지 못하고 전화통화만 했다.

처음에는 학교에도, 학원에도 안 가서 마냥 좋았는데, 사회적 거리 두기가 장기화되니 오히려 답답하다. 가족들과 24시간 함께 있으면 사이가 더 좋아질 거라고 생각했는데 그렇지 못해 놀랐다. 친구들과도 온라인상으로 만나니 어색하다. 새 학기가 되었지만 새로운 친구를 사귀기도 어렵다. 코로나19가 모든 일상을 변화시켰다. 어서 빨리 예전 생활로 돌아갔으면 좋겠다. 마스크 없이 사람들과 만나고 싶다.

의견을 추가하니 현상만 나열했던 것보다 완결성이 있다. 마무리 문단을 추가하면 자연스럽게 앞에서 보완해야 할 부분이 보이기도 한다. 함께 수정해 퇴고하면 된다. 전체 글의 분량과 상관없이 명확하게 끝맺는 연습을 하자.

질문 솔루션 2: 다양한 마무리를 위한 질문

어느 정도 글쓰기에 친숙해진 학생들은 다양한 방식의 작문을 연습하게 된다. 수업 시간에 항상 강조하듯이 기초를 제대로 익힌 다음에 응용하는 게 좋다. 자기소개서나 서평을 쓸 때도 마찬가지다. 기본적으로 들어가야 할 내용과 적절한 표현 방식을 먼저 익힌 후 자신의 방식에 맞게 변형하는 것이 안전하다. 처음부터 개성 있는 글을 쓴다고 시도했다가 중요한 것을 놓치는 실수를 하게 될 수도 있다. 글의 마무리도 마찬가지다. 주제를 한 번 더 짚어주며 자신의 생각을 명쾌히 밝히고 마무리하는 방법을 익혔다면, 다른 방식을 시도해봐도 좋다. 이미 글에 어떤 내용이 들어가야 하고, 어떤 방식으로 전달해야 하는지 안 뒤에는 응용이 가능하다. 내 생각을 밝혔으니 독자도 생각해봤으면 좋겠다는 권유의 글이 될 수도 있고, 동의를 구하는 글이 될 수도 있다. 질문 예시로 다양한 마무리를 연습해보자.

· 질문 1: 마지막 문장이 다른 생각으로의 확장을 돕고 있나요?

· 질문 2: 완결성 있는 문장으로 마무리했나요?

코로나19로 인해 불편해진 상황과 힘든 점을 토로하는 데 그치지 않고 확장해서 생각할 수 있도록 돕는 마무리는 어떤 게 있을까? 생각의 길을 열어주는 마무리 글쓰기를 한 학생들의 글을 살펴보자.

예시 1

코로나19가 모든 일상을 변하게 했다. 나뿐만 아니라 전 세계가 기존과는 다른 생활 방식을 받아들이게 됐다. 이렇게 사회적으로 거리를 둔 상황에 적응된 이후의 삶은 어떻게 될까? 코로나19 이후에 다시 변할 일상을 우리는 어떻게 대비하면 좋을지 고민하게 된다.

예시 2

코로나19로 인해 많은 변화를 겪었다. 사회적 거리 두기를 하면서 이 생활에 익숙해지면 점점 인간관계가 힘들어지지 않을까 고민된다. 온라인에서 낯선 사람과 관계 맺었다가 오프라인으로 만났을 때 어색할 수도 있을 것 같다. 반대로 집에서 늘 만나는 가족과는 사이가 멀어질 것도 걱정이다. 인간관계에서 적정한 거리 두기는 어떤 건지 생각해보게 된다.

마지막 문장에 완결성이 없다면, 뒤에 이어지는 글이 더 있는지 들 춰보게 된다. 제대로 마무리가 안 됐다는 느낌이 크기 때문이다. 글 말미에 '끝'이라고 써서 확실하게 끝났음을 밝히는 학생도 있다. 우리는 문장으로 그 '끝'을 대체하는 연습을 해야 한다. 예시 1은 다른 생각으로의 확장을 돕는 문장으로 끝맺음을 했고, 예시 2는 주장과 생각을 완벽하게 정리하며 마무리했다. 아래의 예시는 어떤 유형인지 살펴보자.

예시 3

> 코로나 이후 많은 변화가 찾아올 것이다. 가장 우려되는 건 입학하자마자 코로나로 인해 등교를 제대로 하지 못한 저학년 학생들이다. 주 5일 등교하는 생활에 익숙해지기까지 시간이 필요할 거다. 하지만 인간은 적응의 동물이다. 우리가 코로나19로 인해 마스크 생활에 적응한 것처럼 금방 다시 원래의 생활을 되찾을 것이라 믿는다.

문제 제기를 하고, 그에 대한 자신의 생각으로 마무리했다. 머뭇거리며 마무리하기를 어려워하는 학생이 있다면 주제를 한 번 더 언급하도록 안내해주는 것도 좋다. 다시 한번 핵심을 짚어주면 글의 주제도 더욱 선명해질 것이다.

지금까지 쓰기를 어려워하는 학생들이 가장 힘들어하는 글쓰기 상황을 적절한 질문으로 해결하는 사례를 살펴보았다. 물론 이 책에 언급한 질문이 예시 글에 한정된 경우도 있다. 질문의 방향을 확인하면 된다. 똑같은 질문이 통하지 않는 글에는 어떤 질문을 던져야 글을 더 쓰는 데에 도움이 될지 고민해보면 좋겠다. 질문은 글을 쓰는 데 실마리를 제공한다. 막막한 글쓰기에 조금이라도 희망의 빛이 되었기를 바란다.

건강한 소통으로
나아가는 단초,
질문 글쓰기

『질문으로 완성하는 청소년 글쓰기』는 우리의 청
소년들이 '쓰는 사람'으로 존재하기를 바라는 마
음에서 시작했습니다. 욕망마저 획일화되어가는 세상에서 글쓰기는
자기 존재감을 잃지 않는 방법 중 하나이기 때문입니다. 세상에는 틀
에 박힌 정답 따위 없고, 모든 생각이 존중받고 공유될 수 있다는 사실
을 전해주고 싶었습니다. 깊은 사유를 위해 함께 고민해온 시간이 쌓
여가면서 아이들 마음속에 찾아온 작은 질문들을 소중하게 바라보게
되었고, 작은 질문들이 모여 단단한 힘이 된다는 것을 확인할 수 있었
지요.

사소하게 치부될 수 있는 질문을 자기 언어로 만들어낼 때, 우리

아이들은 세상과 건강하게 소통하는 법을 알아갑니다. 자신의 생각과 언어가 부정당하지 않도록 자신을 지킬 수 있게 됩니다. 결코 가볍지 않은 그들의 언어에 힘을 불어넣는 작업, 세상 무엇보다 중요한 일이 아닐까요? 자기 고백에 머물지 않고 타인과 연결되는 글, 고정관념에 질문하는 글, 침묵의 의미를 이해하는 글을 쓰기 위해 더 많은 학부모님과 선생님이 함께하면 좋겠습니다.

책에서 소개한 질문 글쓰기법은 다양하게 활용 가능합니다. 앞에서 다룬 예시는 극히 일부일 뿐입니다. 여러 관점으로 해석될 수 있는 도서 목록을 첨부하니 질문 글쓰기법을 유연하게 적용해보길 바랍니다. 좋은 질문을 찾기 위해 공들여 노력한 만큼 힘 있는 글이 완성되리라 확신합니다. 질문 글쓰기법은 다양한 주제나 사회 이슈와 연결한 논술 주제도 어렵지 않게 해결하도록 돕습니다. 질문을 만들고, 핵심 질문을 찾는 과정에서 글쓰기에 필요한 정보가 이미 정리되기 때문입니다. 이러한 과정을 반복하면 문해력과 집중력도 빠르게 향상됩니다.

좋은 질문을 반복하면 상대에게 필요한 질문이 무엇인지 인식할 수도 있습니다. 명령하거나 강요하는 것이 아니라 상대에게 질문하여 스스로 다시 생각하는 공간을 열어줍니다. 특히 부모와 교사의 좋은 질문은 청소년들의 사유 범위를 넓히는 데 많은 영향을 줍니다. 부모와 교사가 먼저 공부한다면 질문 글쓰기에 더 큰 효과를 볼 수 있습니다. 좋은 질문이 일상화되어 부모와 자녀, 교사와 학생 사이의 관계도 달라지기를 기대합니다. 생각을 교환하는 방법이 달라지면서 수평적 관계 형성이 가능해지리라 믿습니다.

한 가지 당부 말씀을 전하자면, 듣고 싶은 답을 정해놓은 질문은 오히려 악영향을 줄 수 있음을 잊지 않았으면 해요. 좋은 질문이 아닐뿐더러 자신도 모르는 사이 온몸으로 정답을 요구하고 있음을 드러내게 되니까요. 모든 질문이 좋은 것은 아닙니다. 겸손과 앎의 본질을 품은 질문은 한 문장의 질문만으로도 단단히 얼어붙은 마음을 녹일 수 있지만, 상대를 심판하고 압박하는 질문은 오히려 대화를 단절합니다. 심판자의 도구로 질문이 이용되지 않기를 바랍니다. 또한 질문 글쓰기법 적용이 어렵게 느껴진다면 『청소년을 위한 필사 가이드』(2021)로 먼저 좀 더 쉬운 글쓰기법에 도전해보세요. 필사와 모방 작문을 통해 글쓰기와 친해지고 나면 좀 더 수월하게 질문 글쓰기를 시작할 수 있습니다.

소설 『토지』를 쓰신 박경리 선생은 총체성 부재의 사회에 경고했습니다. 사회가 복잡해지면서 인간은 더 단순화되었다고 지적했습니다. 하지만 사회와 세계를 총체적으로 볼 때에만 진정한 생명을 이야기할 수 있다고 말합니다. 좋은 질문을 찾고, 그것을 글로 완성해 가는 과정은 부분만을 보는 시선에서 벗어나 총체적인 관점으로 세상을 읽는 훈련입니다. 깊은 통찰로 나아가는 과정이지요. 자기 언어를 가진 사람으로 성장하는 길입니다.

문학

구분	제목	지은이	출판사
초급	누가 진짜 나일까?	다비드 칼리	책빛
	파랑 오리	릴리아	킨더랜드
	슈퍼 거북	유설화	책읽는곰
	미어캣의 스카프	임경섭	고래이야기
	우산을 쓰지 않는 시란 씨	다니카와 슌타로	천개의바람
	긴긴밤	루리	문학동네
	사람은 무엇으로 사는가	레프 톨스토이	현대지성
	페인트	이희영	창비
	이 세상에 태어나길 참 잘했다	박완서	어린이작가정신
	열세 번째 아이	이은용	문학동네
중급	티모시의 유산	시오도어 테일러	뜨인돌
	돌 씹어 먹는 아이	송미경	문학동네
	체리새우: 비밀글입니다	황영미	문학동네
	의자 뺏기	박하령	살림Friends
	착한 아이 백천수 씨	손서은	자음과모음

중급	시인 동주	안소영	창비
	널 만나러 지구로 갈게	김성일	돌베개
	오, 사랑	조우리	사계절
	위저드 베이커리	구병모	창비
	모모	미하엘 엔데	비룡소
	열네 살의 인턴십	마리 오드 뮈라이유	바람의아이들
	트루먼 스쿨 악플 사건	도리 힐레스타드 버틀러	미래인
	돼지가 한 마리도 죽지 않던 날	로버트 뉴턴 펙	사계절
	세계를 건너 너에게 갈게	이꽃님	문학동네
	어쩌다 중학생 같은 걸 하고 있을까	쿠로노 신이치	뜨인돌
	얼굴 빨개지는 아이	장자크 상페	열린책들
	시간을 파는 상점	김선영	자음과모음
	한 그릇도 배달됩니다	박채란	열린어린이
	휴대폰 전쟁	로이스 페터슨	푸른숲주니어
고급	아몬드	손원평	창비
	구덩이	루이스 쌔커	창비
	알로하, 나의 엄마들	이금이	창비
	데미안	헤르만 헤세	문학동네
	완벽한 사과는 없다	김혜진	뜨인돌

고급	호밀밭의 파수꾼	제롬 데이비드 샐린저	민음사
	동급생	프레드 울만	열린책들
	동물농장	조지 오웰	문학동네
	올리버 트위스트	찰스 디킨스	시공사
	니클의 소년들	콜슨 화이트헤드	은행나무
	톰 소여의 모험	마크 트웨인	민음사
	우아한 거짓말	김려령	창비
	나는 옐로에 화이트에 약간 블루	브래디 미카코	다다서재
	소년이 온다	한강	창비
	두근두근 내 인생	김애란	창비
	발버둥치다	박하령	자음과모음
	기억 전달자	로이스 로리	비룡소
	자기 앞의 생	에밀 아자르	문학동네
	나미야 잡화점의 기적	히가시노 게이고	현대문학
	회색 인간	김동식	요다
	달러구트 꿈 백화점	이미예	팩토리나인

비문학

구분	제목	지은이	출판사
초급	그래서, 동의가 뭐야	저스틴 행콕	픽
	내일을 지키는 작은 영웅들	이자벨 콜롱바	한울림어린이
	슬픈 노벨상	정화진	파란자전거
	어린이가 알아야 할 가짜 뉴스와 미디어 리터러시	채화영	팜파스
	바이러스: 먼지보다 작은 게 세상을 바꾼다고?	소이언	우리학교
	세상을 바꾸는 미디어의 힘!	강용수	자음과모음
	이대열 선생님이 들려주는 뇌과학과 인공지능	이대열	우리학교
	선생님, 노동이 뭐예요?	하종강	철수와영희
	노동: 우리 모두 노동자가 된다고?	오찬호	풀빛
	뇌토피아	조은수	뜨인돌어린이
중급	존중, 누구에게나 당연한 걸까?	김민화	다림
	함께 만들어요! 함께 누려요! 모두의 사회 복지	백은하	뭉치
	귀에 쏙쏙 들어오는 국제 분쟁 이야기	이창숙	사계절
	디자인은 어디에나 있어	이남석 외	창비
	행복지수 1위 덴마크의 비밀	오연호	사계절
	세계의 빈곤, 게을러서 가난한 게 아니야!	김현주	사계절
	변기에 빠진 세계사	이영숙	자음과모음

질문으로 완성하는 청소년 글쓰기

급	제목	저자	출판사
중급	우리는 지금 미래를 걷고 있습니다	김정민	우리학교
	타는 태양 아래서 우리는 노래했네	웰스 게이코	돌베개
	나는 나를 돌아봅니다	박진영	우리학교
	내 휴대폰 속의 슈퍼스파이	타니아 로이드 치	푸른숲주니어
	왜 동물원이 문제일까?	전채은	반니
	듣는다는 것	이기용	너머학교
	어떤 게 정상이야?	볼프강 코른	웅진주니어
	민주주의를 어떻게 이룰까요?	플란텔 팀	풀빛
	환경과 생태 쫌 아는 10대	최원형	풀빛
	자연의 역습, 감염병	김양중	미래아이
	똑같은 빨강은 없다	김경서	창비
	소년은 멈추지 않는다	필립 후즈	돌베개
고급	혐오, 교실에 들어오다	이혜정 외	살림터
	차별은 원숭이도 화나게 한다	복대원, 선보라	바다출판사
	평화는 처음이라	이용석	빨간소금
	마르크스의 자본, 판도라의 상자를 열다	강신준	사계절
	착한 소비는 없다	최원형	자연과생태
	이 장면, 나만 불편한가요?	태지원	자음과모음
	인공지능, 법에게 미래를 묻다	정상조	사회평론

고급	나는 풍요로웠고, 지구는 달라졌다	호프 자런	김영사
	어떤 배움은 떠나야만 가능하다	김우인	열매하나
	잠깐! 이게 다 인권 문제라고요?	김도현	휴머니스트
	역사의 쓸모	최태성	다산초당
	사는 게 고통일 때, 쇼펜하우어	박찬국	21세기북스
	왜 칸트인가	김상환	21세기북스
	나는 매주 시체를 보러 간다	유성호	21세기북스
	선량한 차별주의자	김지혜	창비
	당신의 노동은 안녕한가요	김경희	루아크
	우리는 플라스틱 없이 살기로 했다	산드라 크라우트바슐	양철북
	디지털 문해력	주니어미디어오늘	인물과사상사
	덕후와 철학자들	차민주	자음과모음
	사회성이 고민입니다	장대익	휴머니스트
	안전하게 로그아웃	김수아	창비

질문으로 완성하는 청소년 글쓰기

원고별 지은이
들어가는 말_ 정지선 | 1장_ 전은경 | 2장_ 정지선 | 3장_ 전은경 | 4장_ 정지선 | 나오는 말_ 전은경

질문으로 완성하는 청소년 글쓰기

2021년 8월 20일 1판 1쇄 발행
2022년 6월 25일 1판 2쇄 발행

지은이　　전은경 정지선
펴낸이　　한기호
책임편집　도은숙　　**크로스교정**　유태선
편 집　　정안나, 김미향, 염경원, 김민지, 강세윤
디자인　　경놈
마케팅　　윤수연
경영지원　국순근
펴낸곳　　북바이북
　　　　　　출판등록 2009년 5월 12일 제313-2009-100호
　　　　　　주소 04029 서울시 마포구 동교로12안길 14, 2층(서교동, 삼성빌딩 A)
　　　　　　전화 02-336-5675 팩스 02-337-5347
　　　　　　이메일 kpm@kpm21.co.kr
　　　　　　홈페이지 www.kpm21.co.kr

ISBN 979-11-90812-24-5 03800